LA VENGEANCE DE LA VOLEUSE

ETHAN ATWOOD

© 2017, Atwood, Ethan
Edition . Books on Demand,
12 / 14 rond point des champs Elysées, 75008 Paris
Impression : BoD - Books on Demand Norderstedt, Allemagne
ISBN 9782322158287
Dépôt légal : juin 2017

LE MOT DE L'AUTEUR

Ce projet est né en juillet 2015. Alex Magennis, Marissa Gomez et Vanessa Price sont des personnages qui ont été développés en 2013. Seul le personnage de Johnny Johnson a été imaginé lors de l'écriture de ce livre.

Cette histoire est purement fictionnelle, et n'a aucun rapport avec ma série « Alex & Marissa ».

J'espère sincèrement que vous allez aimer ce livre et que vous allez passer un bon moment.

Bonne lecture à vous...

Alex Magennis étudie le journalisme dans une prestigieuse université de Californie. Il vient de décrocher une interview exclusive avec la chef d'entreprise la plus en vue de tout San Francisco, Marissa Gomez.

Il se réveille de bonne humeur, mange avec appétit son petit déjeuner, file dans la salle de bains se laver les dents, prend une douche et enfile d'élégants vêtements.

Au moment de sortir, il s'aperçoit qu'il a oublié son petit bloc-notes sur la table de la salle à manger. Il retourne le chercher.

« Cette fois, c'est bon », se dit-il en sortant de l'appartement.

Au volant de sa voiture, Alex roule jusqu'à l'université. Il se gare devant le campus, rempli d'étudiants à cette heure. Il fait un temps magnifique. On peut même entendre les oiseaux chanter.

Alex entre dans le bâtiment où il étudie. Il se hâte jusqu'au bureau de la secrétaire.

« Bonjour madame, je m'appelle Alex Magennis. Je suis nouveau, lui indique-t-il. J'ai rendez-vous avec Marissa Gomez pour une interview. Elle doit m'attendre, s'excuse-t-il. Je suis un peu en retard.

— Suivez-moi », se contente de lui répondre la secrétaire en se levant.
D'un pas rapide, elle le conduit jusqu'au bureau de Marissa.

« Mademoiselle Gomez, voici Alex Magennis », annonce-t-elle en introduisant Alex dans la pièce.
Il se sent tout à coup mal à l'aise. Il sait que cette interview est décisive pour la suite. Il n'a pas le droit à l'erreur.

Marissa Gomez est assise à son bureau, en train de taper sur son ordinateur. Elle ne daigne même pas lever les yeux vers Alex.

« Asseyez-vous, je vous prie », lui dit-elle sans le regarder.
Il s'assied, de plus en plus mal à l'aise. Marissa arrête alors d'écrire sur son PC et consent enfin à poser son regard sur lui. Il lui plaît. Elle le trouve séduisant avec ses cheveux bruns et ses beaux yeux bleus. Elle lui sourit.

Pendant quelques instants, Alex et elle se regardent ainsi sans dire un mot. L'ambiance devient pesante. Alex se ressaisit. Il sort son bloc-notes et son magnétophone, puis lance l'enregistrement.

« Et si nous commencions ? Je m'appelle Alex Magennis et j'étudie le journalisme. J'interviewe, aujourd'hui, l'une des personnalités les plus importantes de la ville de San Francisco, la P.D.G de Gomez Enterprise, Marissa Gomez », énonce-t-il avec sérieux.
Marissa le regarde d'un air intéressé. Elle voit bien qu'il est stressé, même s'il fait de son mieux pour le cacher.

« Quels sont vos passe-temps ? lui demande Alex.

— L'action, lui répond-elle.

— Vous voulez dire les sports à sensations fortes ?

— On peut dire ça comme ça. »
Alex griffonne nerveusement sa réponse sur son bloc-notes. Marissa continue de le dévisager en souriant.

« Comment votre envie de vous lancer dans le domaine de la sécurité vous est-elle venue à l'esprit ? continue-t-il.
— Les systèmes de sécurité m'ont toujours fascinée. Par exemple, dans une banque, il suffit juste d'une petite erreur de la part du braqueur, et son plan tombe à l'eau, lui répond Marissa.
— C'est sûr.
— Quelle est votre prochaine question ?
— Les jeunes femmes sont généralement intéressées par le prêt-à-porter dans cette ville, non ?
— Je ne suis pas une femme comme les autres », déclare-t-elle après un silence.
Alex est embarrassé, il a l'impression d'avoir dit quelque chose de déplacé. Mais Marissa lui sourit, elle ne paraît pas vexée le moins du monde.

« Parlez-moi un peu de votre vie privée. Quelles sont vos relations avec vos parents ? » poursuit-il alors.

Marissa soupire.

« Je n'ai jamais connu mon père, lui confesse-t-elle. Il a quitté ma mère peu de temps après ma naissance. Ma mère est décédée quand j'avais 16 ans, ajoute-t-elle d'un air triste.

— Je suis désolé, déclare Magennis.

— J'ai été placée dans plusieurs familles d'accueil après ça », lui révèle Marissa.

Alex continue de prendre des notes.

« Vous n'avez pas de frère ni de sœur ? lui demande-t-il.

— Non. Je suis fille unique. »

À ces mots, elle se lève de son bureau et se rapproche de lui.

« Et vous ? lui demande-t-elle.

— Je ne suis pas vraiment l'objet de cette interview, lui fait observer Alex.

— Vous vous intéressez à moi, mais je me rends compte que je ne sais rien sur vous. J'aime savoir à qui j'ai affaire.

— J'ai une vie d'étudiant assez banale. Je n'ai jamais vraiment fait quoi que ce soit d'extraordinaire jusqu'ici.

— Je peux essayer de deviner quelle personne vous êtes ?

— Je vous en prie... »
Marissa pose sur lui un regard pénétrant.

« A première vue, d'après vos vêtements, je dirais que vous êtes né dans une famille riche. Mais vous n'avez jamais voulu vivre de la fortune de vos parents. Alors, vous avez bien travaillé à l'école pour aller jusqu'à l'université et voler de vos propres ailes », analyse-t-elle.
Alex sourit.

« Impressionnant ! s'exclame-t-il.

— Pas de petite amie, vu la façon dont vous me regardez depuis tout à l'heure », ajoute-t-elle.
Alex se sent de nouveau mal à l'aise.

« Toutes mes excuses, bredouille-t-il.

— Ne vous excusez pas. Je ne suis pas furieuse, le rassure Marissa.
— Vraiment ?
— Je suis même flattée.
— Pourquoi, mademoiselle Gomez ?
— Très peu d'hommes me regardent de cette façon. La plupart sont trop impressionnés par moi. Je leur parais si froide. Mais quand ils me connaissent, les gens se rendent compte que je suis tout le contraire.
— Ces hommes sont bêtes », affirme Alex.
Marissa lui sourit. Son téléphone sonne. Elle décroche.

« Oui ? J'arrive tout de suite. Je n'ai pas vu le temps passer », dit-elle.
Elle raccroche le téléphone et le repose sur la table.

« Un imprévu ? lui demande-t-il.
— Oui, désolée, j'ai une affaire urgente à régler.
— Je peux vous laisser mes questions pour avoir les réponses manquantes ?

— Bien sûr. Je vous envoie tout ça par mail au plus vite.

— Merci beaucoup. »

Alex se lève de sa chaise. Il serre la main que Marissa lui tend, puis il quitte le bureau. Un sourire aux lèvres, elle le regarde sortir. Puis, elle se dépêche de ranger ses affaires.

Alex est à l'extérieur de l'université près de sa voiture. Il monte dans le véhicule et démarre le moteur.

Il roule maintenant sur une voie express. Son téléphone sonne. Il branche son kit mains libres et répond à l'appel.

« Oui, Katie, comment vas-tu ? demande-t-il.

— Ça va, lui répond une voix féminine. Je t'appelais pour savoir si tu étais disponible ce soir pour m'aider avec mon emménagement.

— Oui, bien sûr. Je t'aiderai.

— Merci, Alex.

— Je suis en voiture. Il faut que je raccroche. Bisou.

— Bisou. À ce soir. »

Alex coupe le téléphone et enlève son kit mains libres. Il allume la radio et écoute les informations.

Il arrive à un contrôle routier. Il y a des policiers partout. Il arrête sa voiture. Un policier s'approche de la portière.

« Les papiers du véhicule, s'il vous plaît », lui demande l'agent.

Alex ouvre la boîte à gants, sort sa carte grise et la lui tend.

« Qu'est-ce qui se passe ? lui demande-t-il.

— Contrôle. On recherche quelqu'un, lui répond le policier.

— J'espère que vous allez trouver votre gars.

— En fait, il s'agit d'une femme. Elle est recherchée par toutes les polices d'Amérique. Mais on ne connaît pas son visage. On a seulement un nom : Charlotte Wood.

— Alors je vous souhaite bonne chance.

— Merci. »

Là-dessus, l'agent fait signe à son collègue de laisser passer la voiture. Alex redémarre le moteur et reprend la route.

Il arrive à son appartement. Il pose son bloc-notes et son magnétophone sur une table de chevet. Puis, il va s'allonger sur son canapé. Là, il se saisit de la télécommande posée sur la table du salon, allume la télévision et sélectionne une chaîne. C'est NBC News.

« La présentation du tableau "Bleu d'argent" va se dérouler ce soir, à 21 h 30, au musée de Cantor Arts Center de l'université Stanford de Palo Alto », explique le journaliste. Alex se dit qu'il pourrait être intéressant d'assister à cet événement. Sauf qu'il a promis à Katie, sa nouvelle voisine, qu'il l'aiderait à emménager.

Plus tard dans la soirée, Alex est assoupi devant la télévision. Bientôt, quelqu'un sonne à la porte. Il ouvre les yeux doucement, entend de nouveau le bruit de la sonnette et se relève du canapé.

C'est Katie, venue solliciter son aide. La jeune femme affiche une mine enjôleuse. C'est qu'elle le trouve mignon, son nouveau voisin. Sans perdre de temps, Alex part dans la salle de bains enfiler un tee-shirt.

Ils descendent dans la rue devant l'immeuble, où un camion est garé. Katie ouvre la porte arrière du véhicule. Il y a une table basse, des planches et divers éléments d'un meuble démonté. Elle attrape la table d'un côté, et Alex de l'autre.

Ensemble, ils la transportent ainsi jusqu'à l'appartement de Katie, au 3e étage. Après quoi, ils redescendent pour vider le reste du camion.

« Tu veux boire un verre ? lui demande Katie, une fois le travail fini.

— Avec plaisir », lui répond-il.

Il est assis sur une chaise haute du bar que Katie a installé dans son appartement. Elle lui sert une bière blonde, puis se sert un verre de vin rouge. Elle lui sourit à nouveau. Alex boit une gorgée de sa bière.

« Alors, tu fais quoi dans la vie ? s'enquiert-il.

— Je suis formatrice.

— Tu connais du monde ici ?

— Non, je ne connais que toi.

— Je te ferai visiter la ville si tu le souhaites. Et je te présenterai du monde.

— Je te remercie, Alex. C'est sympa. »

Il regarde sa montre. C'est bientôt l'heure de la présentation du tableau. Il faut vite qu'il file.

« Excuse-moi, Katie, il faut que je parte. Je dois assister à un événement qui se déroule dans moins d'une heure, lui indique-t-il.

— Aucun problème.

— Je passerai demain pour continuer de t'aider à monter tes meubles.

— Merci encore. Décidément, t'es mon héros », minaude-t-elle.

Alex termine sa bière. Il lui fait la bise et quitte l'appartement.

Il arrive bientôt devant le musée, se dirige vers le parking et gare sa voiture.

Le musée est bondé de gens. Il y en a tant qu'il est difficile de se déplacer. Un plateau à la main, un serveur se faufile entre les convives.

Alex saisit une coupe de champagne bien frais à son passage.
Un homme s'avance vers lui et l'accoste en lui parlant une langue qu'il ne comprend pas. Alex fait mine d'être sourd et navigue dans la salle.
La présentation est sur le point de commencer. Un micro à la main, le maître des cérémonies réclame le silence.

« Bonsoir, mesdames et messieurs. Je suis heureux de vous accueillir ce soir au Cantor Arts Center pour la présentation du "Bleu d'argent", le tableau que vous allez avoir l'honneur de découvrir dans quelques instants. Mais tout d'abord, je voudrais vous présenter le peintre. Faites un triomphe au grand Jean-Louis McGregor ! » s'exclame-t-il.
Sous les applaudissements, le peintre monte sur la scène.

« Merci d'être venus si nombreux ce soir », déclare-t-il.
L'artiste s'approche de son tableau, recouvert d'un drap blanc. Il attrape un bout du drap avec sa main droite et le tire d'un coup sec. Le

tableau est alors dévoilé. Les gens applaudissent à nouveau, éblouis par sa beauté.

Soudain, toute la salle est plongée dans le noir. Des cris de stupeur et d'inquiétude se font entendre çà et là. Personne ne comprend ce qui se passe.

Une minute plus tard, la lumière revient. La foule recouvre son calme. Mais le tableau, lui, s'est... volatilisé. Aussitôt, le présentateur donne l'alerte. Des alarmes retentissent aux quatre coins du bâtiment.

Alex lève les yeux vers l'étage et distingue une silhouette qui s'éclipse discrètement. Il se fraie alors un chemin à travers la foule et se dirige, tant bien que mal, vers les escaliers qui montent à l'étage.

Il marche à pas de loup pour ne pas être repéré. Il arrive bientôt devant un couloir dans lequel le voleur progresse maintenant à grande vitesse. Alex accélère à son tour le pas pour ne pas perdre sa trace.

Ils atteignent un escalier de secours qui descend jusqu'au parking, derrière le bâtiment.

Là, l'inconnu enlève sa cagoule. Alex comprend alors qu'il s'agit d'une femme en découvrant ses longs cheveux. Sûrement la femme que la police recherche partout. Il la suit avec prudence.

Une fois à l'extérieur, la jeune femme se met à courir en direction de la voiture de son complice. Mais dès que celui-ci entend les sirènes de la police, il démarre en trombe le véhicule et s'éloigne sans elle.

« Espèce d'enfoiré ! » enrage la jeune femme en s'arrêtant net.
Sans réfléchir, Alex décide à cet instant de faire quelque chose de suicidaire. Il fait semblant d'être armé.

« Ne bougez plus ! lui ordonne-t-il. Ne faites aucun mouvement brusque et retournez-vous lentement. »

Surprise, la jeune femme tressaille et pivote sur elle-même, pensant avoir affaire à un représentant des forces de l'ordre.

Lorsque Alex découvre alors son visage, il tombe des nues. C'est elle… C'est Marissa

Gomez... La chef d'entreprise la plus réputée de tout San Francisco, la femme qu'il a rencontrée aujourd'hui même... Elle se tient devant lui, le tableau à la main. Il n'en croit pas ses yeux. Elle non plus. L'air incrédule, elle le dévisage.

« Toi ! s'exclame-t-elle enfin. Qu'est-ce que tu fais là ? Tu bosses pour les flics ? l'interroge-t-elle.

— Non, je suis seulement venu pour voir le tableau et écrire un article dessus. Et quand je t'ai vue, je t'ai suivie, lui répond-il.

— Tu vas venir avec moi, à présent que tu sais qui je suis réellement », lui annonce Marissa.

À ces mots, elle sort une arme, dissimulée sous son tee-shirt, et la pointe sur Alex. Elle lui fait signe d'avancer jusqu'à elle. Il a peur. Il se rend compte maintenant qu'il a commis une grosse erreur et qu'il va peut-être la payer au prix de sa vie.

« Ça, ce n'est pas bon du tout », se dit-il en lui-même.

Ils avancent dans le parking.

« Amène-moi jusqu'à ta caisse ! lui commande-t-elle. Et n'essaie pas de jouer les héros ! »
Inquiet, Alex conduit Marissa jusqu'à son véhicule. Ils montent à bord. Il est au volant. Elle est assise à ses côtés, le tableau sur ses genoux.

Ils quittent le parking, ils roulent maintenant dans une petite rue. Autour d'eux, des voitures de police patrouillent toute la zone, à la recherche du voleur de tableau. Alex s'efforce de conduire normalement pour ne pas attirer l'attention. Marissa tient son arme sur ses cuisses, pointée sur lui.

Ils arrivent à un barrage policier. Alex ralentit son véhicule. Un représentant des forces de l'ordre s'avance vers eux.

« Garde ton calme et tout ira bien », lui commande Gomez en chuchotant.
Elle cache son arme dans sa veste en cuir. Une lampe de poche à la main, le policier s'approche d'Alex. Il éclaire l'intérieur de

l'habitacle. Alex lui sourit et essaie de paraître le plus calme possible.

« Tout va bien ce soir ? demande-t-il d'un ton neutre.

— On cherche une femme, lui explique l'agent.

— Mon épouse et moi-même sommes très fatigués. Nous aimerions rentrer chez nous.

— Oui, je comprends », lui répond le policier.

Au même instant, il reçoit un appel radio.

« Un tableau vient d'être volé », annonce une voix masculine.

Le policier coupe sa radio. Il s'apprête à laisser passer Alex, quand il distingue soudain un tableau sur les genoux de Marissa. Aussitôt, il sort son arme de service. Sans hésiter, Marissa sort alors la sienne et la pointe sur lui. Au même instant, Alex appuie à fond sur l'accélérateur. Il ne veut pas qu'il y ait des morts. La voiture démarre sur les chapeaux de roues et défonce le barrage.

Immédiatement, plusieurs voitures de police prennent le véhicule en chasse. Malgré la situation, Marissa sourit à Alex, étonnée qu'il ne l'ait pas dénoncée. Il conduit à vive allure. Grisé par la vitesse, il sent monter en lui l'adrénaline.

Une course-poursuite s'engage à travers les rues de Palo Alto. Alex fait un dérapage et tourne dans une nouvelle rue. Il fait très sombre. La visibilité est réduite. L'une des voitures de police le suit. Ils avancent sur une longue route.

Les deux voitures slaloment entre les véhicules. Alex n'arrive pas à semer ses poursuivants. Marissa ouvre alors sa vitre, sort son bras et commence à tirer.

« Ne les tue pas. Tire dans les roues, lui recommande Alex.

— Tu n'aimes pas avoir de cadavres sur les bras, toi, observe-t-elle.

— Non, je n'aime pas ça.

— Ballerine ! » se moque Gomez en riant.

Là-dessus, elle essaie de viser les roues, mais ils roulent trop vite, et ses tirs manquent leur cible.

La poursuite continue, ils sont de retour dans le centre-ville de Palo Alto. Apparu de nulle part, un hélicoptère est maintenant en train de les survoler. Il ne les lâche plus.

Soudain, il descend à basse altitude, au point de frôler les toits. Un homme ouvre la porte de l'appareil et sort une mitrailleuse automatique. Ce n'est pas la police. L'homme se met à tirer sur la voiture d'Alex et de Marissa.

« Il faut que tu nous sortes de là ! s'écrie Gomez.

— Oui, eh bien je fais ce que je peux ! lui rétorque Magennis, tendu.

— Essaie de trouver un parking. L'hélicoptère perdra le contact.

— T'es recherchée à ce point pour qu'ils nous allument tous ?

— Je ne me suis pas toujours attaquée à des banquiers. Et je suis une méchante fille.

— Si tu l'étais, tu m'aurais déjà tué », observe-t-il.

Marissa le regarde à la dérobée, un sourire se dessine alors sur ses lèvres.

Magennis finit par trouver refuge dans un parking. Il conduit la voiture aux étages supérieurs.

Marissa et lui descendent du véhicule sans attendre. Elle tient le tableau sous son bras. Ils filent vers l'ascenseur et descendent au premier étage.

Là, ils prennent la sortie de secours. Derrière eux retentissent les sirènes de la voiture de police qui les a suivis dans le parking.

Mais Alex et Marissa sont déjà à l'extérieur. Personne ne les voit. Ils avancent à grands pas. Les sirènes des forces de l'ordre résonnent dans tout le secteur. Marissa tient fermement son arme à la main.

« J'ai une planque à quelques rues d'ici, révèle-t-elle à Alex.

— Je te suis. Je ne peux pas aller bien loin de toute façon, constate-t-il d'un ton fataliste.

— Ouais, tu restes bien sagement avec moi jusqu'à ce que j'aie trouvé une solution pour disparaître.

— Et moi dans tout ça ?

— Ne t'inquiète pas, tu ne vas pas aller en taule », le rassure-t-elle.

Ils s'engagent dans une petite ruelle déserte et lugubre. Pas un endroit très fréquentable. Les bas-fonds de Palo Alto.

La planque est là. C'est un vieux bâtiment abandonné. La plupart des vitres aux fenêtres sont brisées. Ils s'y introduisent.

Marissa pose le tableau près de son équipement de voleuse. Sur une vieille table, convertie en bureau de surveillance dernier cri, se trouve une radio qui capte les fréquences de la police. Gomez l'allume.

Alex s'assied sur une chaise voisine et la regarde se changer. D'un geste gracieux, elle enlève sa perruque pour libérer ses longs cheveux. Puis, elle ôte sa veste en cuir et son tee-shirt noir, avant de prendre un chemisier blanc accroché à un cintre.

Au moment où elle se retourne vers Alex, elle surprend son regard.

« Ce n'est pas bien d'épier les filles dans leur intimité, lui fait-elle remarquer.

— Excuse-moi, bafouille-t-il.

— Tu n'as pas à t'excuser. T'es un mec après tout. »

À ces mots, Alex a une montée d'adrénaline.

« Je te trouve magnifique », lui avoue-t-il dans un élan de sincérité.

Marissa prend un air goguenard.

« C'est touchant », se moque-t-elle.

Au même instant, la radio se met à capter un message important. En deux pas, Gomez s'en approche et la prend en main pour écouter.

« Les deux suspects du vol du tableau au Cantor Arts Center de l'université de Stanford sont toujours en cavale. Les forces de l'ordre californiennes les recherchent activement. La jeune femme, recherchée par toutes les polices sous le nom de Charlotte Wood, est en réalité Marissa Gomez. Son visage a été identifié par une caméra de surveillance sur le parking arrière du musée. Elle est armée et extrêmement dangereuse ! Son complice a été également identifié. Il s'appelle Alex Magennis », indique la voix d'un policier dans la radio.

Très calme, Marissa ouvre alors un tiroir de la table et s'empare d'une fausse carte d'identité. Elle s'avance ensuite vers son dressing et attrape une perruque rousse.

« Je vais quelque part, dit-elle à Alex. Tu restes là pendant ce temps. Utilise le canapé pour te reposer. Je ferme la porte à clé derrière moi.

— D'accord. Je vais m'allonger un peu. Je ne ferai que ça de toute façon quand je serai en prison, lui répond-il d'un air ironique.

— Tu n'es pas mon prisonnier, Alex. Je veux que tu le saches.

— Je sais, mais ils croient que je suis ton complice, donc je n'ai pas d'autre choix que de rester avec toi pour le moment.

— Tu t'en sortiras. Fais-moi confiance. »
En réalité, Alex est heureux. Car même s'il ne l'avoue pas, il est content d'être avec elle. Il

ressent pour elle une certaine attirance. Et il devine que c'est réciproque.

Magennis se lève et va s'allonger sur le canapé. De son côté, Gomez ajuste sa perruque et sort avec le tableau.

Elle se rend chez son receleur qui se trouve aussi être un antiquaire. Marissa entre dans le magasin sans faire de bruit. Elle traverse les rayons.

Quand soudain, sous son pas, un craquement de verre résonne dans toute la boutique. Aussitôt, plusieurs hommes armés sortent de nulle part, tenant en joue Marissa. L'antiquaire apparaît derrière eux.

« Je commençais à penser que t'avais échoué, observe-t-il, tout en faisant signe à ses hommes de baisser leurs armes

— J'ai eu un petit contretemps, lui répond-elle.

— Je vois que t'as le tableau.

— Bien sûr. »
Et elle tend le tableau à l'un des hommes, qui s'en saisit.

« Parfait », déclare le chef, satisfait.
Il sort alors une mallette noire. Il la pose sur le comptoir du magasin. Marissa avance d'une allure dégagée jusqu'à la mallette. Un des hommes l'ouvre. Elle est remplie de liasses de billets.

« Un demi-million de dollars comme convenu, annonce l'antiquaire.

— Je veux aussi les informations sur le meurtrier de ma mère. Je me sens prête désormais, lui dit-elle.

— Très bien. L'homme que tu recherches s'appelle Brian Grant. C'est le criminel le plus redoutable que je connaisse. Et c'est aussi un vrai fantôme. Il se déplace tout le temps.

— Comment je le trouve ?

— Je t'enverrai un message avec toutes les informations dont t'as besoin pour avancer. Tu devrais aller dormir un peu, Marissa », lui conseille-t-il en considérant ses traits tirés.

Gomez acquiesce d'un signe de la tête. Elle prend la mallette et quitte le magasin sans se retourner.

Elle est à présent de retour à la planque. Alex dort profondément sur le canapé. Marissa s'assied sur sa chaise de bureau et le regarde dormir en souriant. Elle éteint la radio pour ne pas qu'elle le réveille.

Marissa reçoit un message de l'antiquaire sur son téléphone portable, elle l'écoute.

« La première étape est de trouver Vanessa Price, une hackeuse professionnelle, et la recruter. D'après mes informations, Vanessa est à Miami. Elle traîne souvent au Lumia. Je t'ai réservé un avion privé à mon nom pour demain matin. Donc pas de flics. À bientôt, Marissa ! »

Satisfaite, elle repose son téléphone sur la table. Ses yeux se ferment lentement.

Miami. Le lendemain après-midi.

Alex et Marissa arrivent à Miami. La chaleur ambiante contraste avec le climat plus frais de Palo Alto. Marissa utilise le GPS de son téléphone portable pour trouver le bar que fréquente Vanessa Price. Bingo ! Le Lumia se trouve sur Ocean Drive. Alex et Marissa quittent l'aéroport et hèlent un taxi.

Vingt minutes plus tard, le véhicule s'arrête devant le Lumia. Magennis et Gomez descendent du taxi. Ils traversent la rue et entrent dans l'établissement.

Une belle jeune femme, blonde, les cheveux courts, vêtue d'un chemisier noir et d'un pantalon blanc, se tient au bar. Elle est en train de siroter un cocktail. Alex et Marissa la reconnaissent immédiatement. Elle ressemble en tout point à la photo de Vanessa que l'antiquaire a pris le soin de leur envoyer avant leur départ.

Marissa fait un signe de la tête à Alex pour lui dire de rester à l'entrée du bar. Puis elle se dirige vers Vanessa et s'assied à côté d'elle.

« On dit qu'on peut faire des affaires par ici, commence-t-elle.

— Tout dépend de quel genre d'affaire vous voulez parler, lui répond Price en buvant.

— Le genre d'affaire qui fait gagner beaucoup d'argent.

— Je vous souhaite bonne chance dans ce cas. Car je ne sais pas de quoi vous voulez parler.

— Pour une hackeuse, tu ne sais pas grand-chose », lui fait remarquer Marissa.
À ces mots, Vanessa se lève d'un bond et pointe son arme sur elle. Gomez se met à rire.

« Il y a quelque chose de drôle ? lui demande Price.

— Tu crois vraiment que c'est la première fois qu'on me pointe un flingue sur la tête ?

— Qu'est-ce que tu veux ?

— Je cherche le responsable de la mort de ma mère. Et j'ai besoin de toi pour le trouver.

— Qui t'envoie ?

— Alfredo de Californie.

— Fait chier », maugrée Vanessa.
Et elle range son arme.

« Tu vas faire un truc pour moi et je t'aiderai par la suite, lui propose Price.

— Je t'écoute.

— Il y a un type sur Miami que je n'aime pas. On va s'occuper de lui.

— Ça ne devrait pas me poser de problèmes.

— Cool ! »

Là-dessus, Marissa et Vanessa quittent le bar avec Alex. Derrière eux, le barman s'empare de son téléphone pour contacter la police.

Magennis et Gomez suivent Price jusqu'à sa planque. C'est un vieil entrepôt rempli d'ordinateurs et de grands écrans, destinés à surveiller toute la ville. Des dizaines de serveurs sont sous tension.

Agréablement surprise, Marissa observe tout ce matériel avec un intérêt non dissimulé. Elle constate qu'elle a affaire à une professionnelle. Sans dire un mot, Alex s'installe dans un coin. Vanessa entraîne Marissa vers une table, sur laquelle est étalé le plan d'une résidence privée.

« Il s'appelle Michael Harris, lui révèle-t-elle. Et ce plan représente sa propriété.

— Donc tu me suggères de m'introduire à l'intérieur ? lui demande Marissa.

— Exactement. Et de t'infiltrer dans sa vie. »

Elle la jauge du regard quelques instants.

« Si tu bosses pour Alfredo, ça veut dire que t'es une voleuse plutôt intelligente et douée, ajoute-t-elle.

— Qu'est-ce que tu proposes ?

— Une arnaque. Moi, il me reconnaîtrait tout de suite. Donc, je resterai dans la voiture, et c'est toi qui opèreras avec ton chéri.

— Ce n'est pas mon chéri.

— Donc je peux me le faire... ? Non, sans déconner, tu le dupes peut-être lui, mais n'oublie pas que je suis une femme, moi.

— Bon, d'accord, j'admets qu'il a... un certain charme. Mais une femme comme moi ne peut pas avoir de petit ami.

— Pas facile d'être une voleuse recherchée...

— Concentrons-nous plutôt sur la cible.

— Harris organise souvent des teufs le week-end. Samedi prochain, par exemple. C'est ton sésame pour l'approcher.

— Une fête ? Ça tombe bien, j'adore les fêtes ! » s'exclame Marissa.

Vanessa esquisse un sourire.

Un peu plus tard, Magennis et Gomez se rendent dans un magasin de vêtements de luxe, située dans le centre-ville de Miami. Marissa commence à étudier des robes exposées sur un présentoir. Une vendeuse s'avance vers elle.

« Bonjour, puis-je vous aider ? s'enquiert la jeune femme.

— Bonjour, je dois me rendre à une fête importante samedi, et j'ai besoin d'une robe élégante pour l'occasion, lui explique Marissa.

— Je pense avoir ce que vous cherchez. Veuillez me suivre, je vous prie. »
À ces mots, elle conduit Alex et Marissa devant une magnifique robe en soie violette.

« Qu'en pensez-vous ? demande-t-elle.

— J'en dis qu'elle est parfaite, lui répond Gomez, déjà conquise.

— Essayez-la », lui suggère alors la vendeuse.

La robe à la main, Marissa entre dans le salon d'essayage.

Quelques minutes plus tard, elle réapparaît, vêtue de la robe. Un sourire aux lèvres, elle s'observe dans le grand miroir adjacent au salon. Elle se trouve belle. Et elle n'est pas la seule : Alex la regarde avec, au fond des yeux, une lueur d'admiration.

« Ça me va, je me trompe ? lui demande-t-elle.

— Tu es... ravissante...

— Vraiment ? »

Incapable de détacher son regard de Marissa, Alex semble comme hypnotisé par elle.

« Je n'ai jamais rien vu d'aussi joli », murmure-t-il pour lui-même.

Marissa claque des doigts. Alex reprend alors ses esprits.

« Je crois que c'est bon. Tu m'as dit ce que je voulais savoir, conclut-elle.

— Oui, cette robe est vraiment faite pour toi, lui assure-t-il.

— Bon. Eh bien, je la prends. »
Quelques minutes plus tard, elle ressort avec Alex du magasin, portant à la main la robe dans un sac griffé. Ils montent dans la voiture de Vanessa, qui les attend un peu plus bas.

« T'as trouvé ton bonheur ? s'informe Price.

— Ça devrait le faire, lui répond Gomez. Il manque juste un dernier petit truc.

— Qu'est-ce que c'est ?

— Il me faut une grosse voiture pour que ça fasse crédible.

— Je sais où te trouver ça », déclare alors Vanessa en riant.
Alex sourit.

« Ça devient de plus en plus palpitant ! » s'exclame-t-il.
Vanessa démarre la voiture, et les trois amis s'éloignent du centre-ville.

La semaine vient de s'achever, et le samedi est enfin là. Vêtu d'un élégant smoking, Alex accompagne Marissa chez Michael Harris à bord d'une Lamborghini Reventon.

Il gare la voiture devant la magnifique propriété. Il sort du véhicule et se dépêche d'aller ouvrir la portière de Marissa. Très élégante, elle aussi, elle porte la robe violette, achetée quelques jours plus tôt.

Un voiturier se présente bientôt devant eux et tend un ticket à Alex. Puis il conduit la voiture jusqu'au parking privé.

Un bras à celui d'Alex, Marissa entre avec lui dans la propriété. Ils avancent dans la cour. Elle sort discrètement une oreillette de son décolleté et la porte à son oreille.

« Vanessa, tu me reçois ? » demande-t-elle.
Price se trouve dans sa vieille voiture, garée à deux pas de là. Son ordinateur posé sur les genoux, elle surveille le périmètre.

« Je suis connectée. Je te reçois 5 sur 5 ! » lui répond-elle.

— Super ! »

Rassurée, Marissa continue d'avancer avec Alex dans la grande cour.

« Quelle baraque ! s'exclame-t-il.

— Tu veux la même ? lui demande-t-elle d'un ton amusé.

— Pourquoi pas ? Si c'est ça la vie de criminel, je signe direct. »

Marissa esquisse un sourire.

« Il y a des bons côtés, c'est vrai », reconnaît-elle.

Ils arrivent maintenant devant l'entrée. Ils pénètrent dans le grand salon. Les lieux sont bondés d'invités. Il y a des gardes du corps dans tous les coins. Marissa se dirige avec Alex jusqu'au bar.

« Bonsoir. Que désirez-vous ? leur demande le barman.

— Un verre de champagne, s'il vous plaît », lui répond Gomez.

Alex sourit.

« La grande classe, lui murmure-t-il à l'oreille. Servez-moi la même chose, ajoute-t-il à l'intention du barman.

— Je vous apporte ça tout de suite. »

D'un geste précis, le barman se saisit alors de deux coupes, puis il se dirige vers une bouteille de champagne millésimé.

« Tout ça va très vite se finir, Alex. Tu vas pouvoir rentrer chez toi prochainement, lui chuchote tout bas Marissa.

— Tu veux déjà te débarrasser de moi ? lui répond Alex en riant.

— Tu mérites mieux comme vie. Tu mérites une vie normale. Je ne veux pas que tu sois privé de ça par ma faute.

— Vraiment ? Une vie normale ? Tu veux parler de ma vie banale d'étudiant ?

— Oui.

— Sérieusement, Marissa. Depuis que je t'ai rencontrée, j'ai l'impression que ma vie vient tout juste de commencer. Je me suis fait agresser par une voleuse. J'ai été pris en

chasse par la police dans une course-poursuite. Un hélicoptère m'a même tiré dessus. Et n'oublions pas, pour finir, que j'ai conduit une Lamborghini Reventon. Grâce à toi, il m'est arrivé plein de choses excitantes en seulement quelques jours. Je n'ai pas vraiment hâte de rentrer chez moi et de reprendre les cours », conclut Magennis.
Marissa lui adresse un beau sourire, Alex est sous le charme. Le barman revient avec les deux coupes de champagne.

Marissa avance doucement ses lèvres vers celles d'Alex, lorsque, soudain, la voix de Vanessa retentit dans son oreillette :

« Les gars, Michael vient d'arriver à la soirée. Je l'ai repéré avec les caméras de surveillance. »
Frustrée d'avoir été interrompue au moment où elle allait embrasser Alex, Marissa se gratte les cheveux.

« Bien reçu. On s'active », lui répond-elle tout bas.

Sans prêter attention à ses invités, Michael Harris traverse le salon et se dirige d'un pas rapide dans une autre pièce. Ses gardes du corps restent à l'extérieur et se postent devant la porte.

« O.K., Marissa, je viens d'entrer dans l'ordinateur d'Harris. Il a rendez-vous avec une femme appelée Sarah Hall. Je viens d'utiliser le téléphone de Michael pour dire à cette Sarah que le rendez-vous est annulé. J'ai supprimé les traces de ce message. Il ne te reste plus qu'à te faire passer pour elle, indique Vanessa dans l'oreillette.

— C'est un plan intelligent, observe Marissa. Qui est Sarah Hall ? demande-t-elle.

— Une trafiquante d'armes. D'après mes informations, ils ne se sont jamais vus. Michael ne connaît donc pas son visage.

— Alors, Sarah Hall va débarquer », lui répond Gomez.

À ces mots, elle enlève son oreillette, la remet dans son décolleté et se dirige d'une démarche assurée jusqu'à la pièce où se trouve Michael. De son côté, Alex reste sagement au bar.

« Madame, cette pièce n'est pas accessible aux invités, déclare un garde du corps lorsque Marissa se présente devant la porte.

— Dites à monsieur Harris que Sarah Hall est arrivée », se contente-t-elle de lui répondre.
Le garde du corps se sert son oreillette.
« Monsieur, une certaine Sarah Hall est ici. Très bien. Je la fais entrer », acquiesce-t-il.
Là-dessus, il se tourne vers Marissa.
« Vous pouvez entrer, madame Hall. Monsieur Harris vous attend », lui dit-il.
Puis, il lui ouvre la porte et la laisse entrer dans la pièce.

Assis dans un canapé, Michael Harris est en train de priser de la cocaïne, disposée en rails sur une petite table près de lui. À l'arrivée de Marissa, il lève les yeux vers elle.

« Madame Hall, venez donc vous asseoir », lui propose-t-il d'un ton aimable.
Sans un mot, Marissa s'avance vers un fauteuil et s'assied en face d'Harris. Il reprend un rail de cocaïne.

« Vous en voulez ? lui demande-t-il en s'essuyant le nez.

— Non, merci. Je ne touche pas à ça, lui répond-elle.

— C'est de la bonne pourtant. Je l'ai fait venir de Colombie.

— Je n'en doute pas. Et si nous parlions un peu business plutôt ?

— Vous êtes une femme qui va droit au but, madame Hall. J'adore ça ! Je vais faire de même. J'ai besoin d'armement.

— Quel genre d'armement ?

— Du lourd. Il me faut vingt fusils. Il faut que je m'occupe d'un gars en Afrique du Sud.

— L'Afrique du Sud ? Joli pays ! Vous allez avoir besoin d'AK-47 dans ce cas. Et de plusieurs autres armes automatiques de gros calibres.

— C'est vous l'experte, madame Hall.

— Va falloir y mettre le prix.

— De combien parlons-nous ?

— Je vous aurai toutes les armes nécessaires pour la somme de 120 000 dollars.
— Ça m'a l'air correct.
— Marché conclu ?
— Marché conclu », déclare-t-il.
Et il lui tend la main. Malgré la répulsion qu'il lui inspire, Marissa la lui serre.

« Je vous enverrai un message quand j'aurai la livraison. Ça ne me prendra pas longtemps pour réunir toutes les armes, lui dit-elle

— Tenez-moi au courant, lui répond-il avec un sourire.

— Ravie de faire affaire avec vous, monsieur Harris, achève-t-elle en se levant.

— Moi de même, madame Hall. »
Sans plus s'attarder, Marissa quitte la pièce. Derrière elle, Michael se remet à sniffer de la cocaïne.

Elle retrouve Alex au bar.

« Comment ça s'est passé ? lui demande-t-il.

— Très bien. Vanessa va être contente. Elle va gagner 120 000 dollars.

— Waouh ! Quelle super femme d'affaires tu fais !

— La ferme ! » lui commande-t-elle en riant.

Alex lui sourit, puis il lui prend le bras et l'entraîne vers la sortie.

Le lendemain matin, Alex et Marissa se rendent dans un magasin d'Airsoft basé à Miami. L'établissement est rempli de reproductions d'armes en tout genre.

« Ils font vrai, constate Magennis.

— C'est le but », lui répond-elle.

Debout derrière son comptoir, le gérant les regarde s'avancer vers lui.

« Bonjour, que puis-je faire pour vous ? leur demande-t-il.

— J'organise un événement d'Airsoft à Jacksonville demain, et j'ai besoin de dix AK-47 et neuf Elite Force 4P, lui explique Marissa.

— Ça doit être un événement important.
— Vous n'avez pas idée à quel point.
— Je vais vous chercher tout ça. »
Et il se retire dans l'arrière-boutique.

« Tu as demandé que dix-neuf armes, Marissa. Michael en veut vingt, lui fait remarquer Alex.
— Ça fait partie du plan. L'arme manquante, elle, sera une vraie, lui révèle-t-elle.
— Et tu vas t'en servir pour leur présenter la marchandise.
— Uniquement s'il le demande. Faut se préparer à cette éventualité. Ils ne se douteront pas que les autres flingues sont faux.
— C'est un bon plan », admet-il.
Le gérant revient avec un chariot contenant toutes les armes que Marissa lui a demandées.

« Tout est là, déclare-t-il.
— Merci, dit-elle.
— Ça vous fera 3000 dollars, s'il vous plaît.

— Très bien. »
Elle sort des billets et le paie en liquide.

« Vous voulez bien emmener le chariot jusqu'au coffre de ma voiture, s'il vous plaît ? lui demande-t-elle.

— Bien entendu, lui répond le gérant avec le sourire.

— Merci. »

Ils sont maintenant de retour à la planque de Vanessa. Marissa gare la voiture à l'intérieur. Alex ouvre le coffre, prend une arme et la pose près de la table. À côté d'elle se trouvent plusieurs mallettes et une boîte en carton.

« Ils ne sont pas légers, ces fusils, fait-il remarquer.

— Il ne faudrait pas que tu t'abîmes tes petits bras, lui répond Price d'un air amusé.

— T'as l'arme manquante ? demande Marissa à Alex.

— Bien sûr. Elle est dans le carton près de la table.

— Parfait.

— C'est quoi la suite du plan ? s'enquiert-il.

— Il me reste plus qu'à contacter Harris pour arranger un rendez-vous.

— Je m'occupe de ça, intervient Vanessa. Il faut que je modifie le numéro de ton téléphone et que je le remplace par celui de Sarah Hall. Sans quoi, il verra la différence entre les deux numéros.

— Vas-y », l'encourage Marissa.

Sans plus attendre, Vanessa se dirige vers son ordinateur et commence à pianoter sur les touches de son clavier. Au même moment, le téléphone d'Alex se met à sonner. C'est Katie.

« Qui c'est ? lui demande Gomez, intriguée.

— Une amie, lui répond-il simplement.

— Une amie ? répète-t-elle.

— Oui, c'est Katie, ma nouvelle voisine. »

Il prend l'appel.

« Allô ? Katie ? »

Katie est dans son appartement, assise dans son fauteuil, un jus d'orange à la main. La police est à ses côtés.

« Alex ? Je suis heureuse de t'entendre enfin. Je n'avais plus de nouvelles de toi. Tout va bien ? lui demande-t-elle.

— Oui, tout va bien. Désolé. J'avais un problème de téléphone.

— Je ne t'en veux pas. Je m'inquiétais seulement. On peut se voir demain ?

— Je ne suis pas en Californie pour le moment. J'ai quelques petites choses à faire. Des affaires familiales à régler.

— Je comprends. Il n'y a aucun problème. Quand tu rentreras, tu veux bien qu'on aille faire quelque chose ensemble ? Boire un verre, ou aller au cinéma voir un bon film, ou ce que tu veux.

— Oui, si tu veux, Katie. Ça sera avec plaisir.

— Nickel ! J'ai hâte de te voir. Bisou, Alex.

— À bientôt, Katie », la salue-t-il avant de couper son téléphone.

Devant lui, Marissa semble furieuse. Avant qu'il n'ait le temps de réagir, elle attrape son téléphone et le jette au sol, où il éclate en mille morceaux.

« Pourquoi as-tu fait ça ? s'étonne Alex.

— D'une, elle est à fond sur toi. Deux, tu risques de nous faire repérer. C'était la meilleure chose à faire.

— Tu es jalouse, Marissa... ?

— Non, c'est juste que le fait de lui parler peut te nuire pour le moment, dit-elle d'une voix étranglée.

— Tu parles bizarrement.

— Pas du tout, lui ment-elle.

— Si... on dirait que t'es triste.

— Je ne suis pas "triste".

— D'accord, si tu le dis... »

Incapable de soutenir plus longtemps son regard, Marissa se tourne vers Vanessa.

« T'en es où ? lui demande-t-elle.

— J'ai bientôt terminé. Encore quelques petites secondes. Je viens de pirater son opérateur téléphonique, et aussi le tien pour procéder à l'échange », lui répond Price.

Elle continue de pianoter sur le clavier de son ordinateur. Bientôt, un message de validation s'affiche sur l'écran.

« O.K., c'est fait. Tu peux y aller maintenant », lui dit-elle.

Gomez sort son téléphone portable de sa poche de pantalon et envoie un message à Harris en se faisant passer pour Sarah Hall.

« Ça y est, le message est envoyé, déclare-t-elle.

— Il ne mettra pas longtemps pour te répondre. Il a trop besoin de cette livraison d'armes », lui assure Vanessa.

À peine a-t-elle fini sa phrase que le téléphone de Marissa se met à vibrer. Un message est arrivé. Elle le lit.

« C'est lui.

— Qu'est-ce que je disais ? lui répond Vanessa, heureuse d'avoir raison.

— Il faut emballer les armes dans les mallettes. Il veut qu'on le rejoigne dans une de ses villas.

— C'est parti », déclare Alex.
Il sort une arme du coffre de la voiture et la met dans la mallette. Marissa et Vanessa l'aident à transporter les autres armes.

Un peu plus tard, Alex et Marissa arrivent à la villa de Michael Harris à bord de leur Lamborghini. Il y a des 4 x 4 noirs garés dans la cour. Plusieurs gardes du corps sont aussi présents. Michael se tient debout au milieu de ses hommes.

Marissa gare la voiture. Elle en sort avec Alex. Ils s'avancent vers Michael.

« Sarah Hall. Quel plaisir de vous revoir ! s'exclame Harris.

— Tout le plaisir est pour moi, lui répond Gomez.

— Je vois que vous êtes venue accompagnée.

— Salut. Moi, c'est Alex », se présente Magennis en lui tendant la main.
Mais Michael ne lui serre pas la main et esquisse un sourire malveillant. Alex finit par relâcher son bras.

« Alex est mon assistant, explique Marissa.

— Il est vrai qu'une femme d'affaires telle que vous se doit d'avoir un assistant, madame Hall, observe Harris.

— La marchandise est dans le coffre de la voiture. Si tu veux bien m'emmener les mallettes, s'il te plaît, dit-elle à l'intention d'Alex.

— Bien sûr, madame, lui répond-il.

— Un de mes hommes va l'aider, intervient Harris. Donnez-lui son argent », ajoute-t-il en s'adressant à l'un de ses gardes du corps.

L'un d'eux pose alors une mallette remplie d'argent devant Marissa. Pendant ce temps, Alex se dirige vers le coffre de la voiture, accompagné de l'homme d'Harris. Ils sortent dix mallettes contenant deux armes chacune.

« Tout est là, affirme Marissa.

— Excellent », lui répond Harris, apparemment satisfait.

D'un geste de la main, il fait signe à l'un de ses hommes d'ouvrir la première mallette. Alex regarde Marissa avec appréhension. L'homme ouvre la mallette. Il y a la vraie AK-47 et une fausse Elite Force 4P.

« De la très bonne qualité, assure Marissa.

— Je vois ça », lui réplique Harris.

À ces mots, il sort son pistolet et le pointe sur elle.

« À quoi vous jouez ? demande Alex, inquiet.

— J'ai failli y croire. Mais bien sûr, tu n'es pas Sarah Hall. N'est-ce pas, Marissa ? Tu fais la une à la télévision et dans les journaux », lui dit-il en la dévisageant.

Il se tourne vers ses hommes.

« Sortez vos flingues ! leur commande-t-il.

— Notre collaboration va donc se terminer comme ça, observe Gomez.

— C'est parfois triste la vie, se moque Harris.

— Je ne vous le fais pas dire, lui rétorque-t-elle en riant.

— J'ai dit quelque chose de drôle ? s'étonne-t-il.

— Ouais ! Car je ne compte pas crever aujourd'hui ! »

Là-dessus, Marissa se jette d'un bond sur Michael et s'empare de son arme. Puis, elle la pointe sur sa tempe.

« Dites à vos gorilles de lâcher leurs armes ou je vous tue ! » lui ordonne-t-elle.

Le visage en sueur, Harris semble à deux doigts de s'évanouir.

« Lâchez vos flingues ! » leur enjoint-il.

Aussitôt, ses hommes de main s'exécutent et jettent leurs armes devant eux. Sans perdre une seconde, Marissa assomme alors Harris avec la crosse de son arme et récupère la mallette remplie d'argent. Puis, elle court avec Alex dans la voiture. Ils montent à bord. Magennis démarre le bolide en trombe.

« Liquidez-les ! » hurle derrière eux Harris qui a recouvré ses esprits.

Ses sbires récupèrent leurs armes au sol et se mettent à tirer sur la voiture, mais ils manquent leur cible.

« Prenez les 4 x 4 ! Vite ! » leur ordonne Harris.

Les hommes de Michael se précipitent vers les véhicules, puis démarrent sur les chapeaux de roues.

En quelques instants, ils rattrapent Alex et Marissa, ralentis par la circulation.

« On a de la compagnie », fait remarquer Alex en jetant un coup d'œil dans son rétroviseur intérieur.

Une course-poursuite s'engage dans les rues de Miami.

« Essaie de les semer ! lui demande Marissa.

— Je m'en charge », lui répond-il en appuyant sur l'accélérateur.

En même temps, il tourne en dérapant dans une petite rue dans un crissement de pneus. Ses poursuivants ne le lâchent pas.

La poursuite continue sur une longue rue. Les hommes de main d'Harris, penchés aux fenêtres de leur 4 x 4, tirent sur la voiture avec leurs mitrailleuses.

« On se fait allumer ! Écoute, je n'aime pas quand il y a des morts, mais là je n'ai pas envie de mourir. Donc, fais ce que t'as à faire, Marissa, lui suggère-t-il.
— Je commençais à désespérer ! » s'exclame-t-elle.
Sans plus attendre, elle ouvre sa vitre, se penche par la fenêtre et commence à tirer avec le pistolet d'Harris sur ses hommes de main. Alex fait un nouveau dérapage dans une autre rue.

Au moment où l'un des 4 x 4 tourne dans celle-ci, Marissa parvient à toucher l'une de ses roues avant. Devenu incontrôlable, le véhicule fait plusieurs tonneaux et termine sa course folle sur le toit. Il n'en reste plus que deux.

« Un de moins ! » se réjouit Gomez en rentrant dans l'habitacle.
L'un des deux 4 x 4 roule à vive allure et les suit maintenant de très près.

« Ils nous collent, enrage Alex.

— Pas pour longtemps », lui répond Marissa.

À ces mots, elle se penche par la fenêtre et tire plusieurs balles dans le pare-brise. Le conducteur et le passager sont tués sur le coup. Le véhicule part dans le décor. Marissa se rassied sur son siège.

« Je l'ai eu ! » s'écrie-t-elle.

Alex continue d'accélérer. Le dernier véhicule ennemi se rapproche d'eux. Le passager sort par la fenêtre et monte sur le toit du 4 x 4. Alex l'aperçoit dans son rétroviseur extérieur.

« Merde ! Un ninja ! s'exclame-t-il.

— De quoi tu parles ? » s'étonne Gomez qui n'a rien vu.

L'homme du 4 x 4 saute sur leur voiture.

« Ils sont tarés par ici », observe Magennis. Il fait zigzaguer la voiture autant qu'il peut pour essayer de le faire tomber du toit. Mais l'homme s'accroche et résiste.

Marissa sort alors à nouveau par la fenêtre et pointe son arme sur le sbire. Mais celui-ci donne un coup de pied dans la main de Marissa, qui finit par laisser échapper son arme. Elle se réfugie dans l'habitacle de la voiture.

« J'ai fait tomber le flingue, soupire-t-elle.
— Mets ta ceinture ! lui répond Magennis
— Pourquoi ?
— Ne pose pas de questions, et mets ta ceinture ! Vite ! » lui ordonne-t-il.
Sans plus discuter, Marissa attache sa ceinture de sécurité.

Ils arrivent vers un rond-point. Alex passe une nouvelle vitesse et accélère.

« Accroche-toi ! hurle-t-il.
— Oh, non ! ce n'est pas vrai ! » s'écrie Gomez.
Alex se crashe dans le rond-point. L'homme de main d'Harris est projeté dans les airs et tué sur le coup.

Quelques minutes passent. Inconscient, Magennis, la tête posée sur le volant, est blessé. À ses côtés, Marissa recouvre peu à peu ses esprits et découvre qu'Alex ne bouge pas.

« Alex ! Alex, réveille-toi ! » le supplie-t-elle, inquiète.
Il ne réagit pas.

« Merde... », se dit-elle, catastrophée.
Elle essaie de sortir du véhicule. Des gens s'agglutinent maintenant autour d'eux. Une jeune femme appelle les secours avec son téléphone portable. Le dernier 4 x 4 arrive sur les lieux. Mais en découvrant tout ce monde et la voiture crashée, le conducteur fait demi-tour et s'éloigne, convaincu qu'ils sont morts.

Tant bien que mal, Marissa arrive à s'extraire de l'habitacle. Elle contourne la voiture, défonce la portière du côté conducteur et réussit à traîner Alex hors du véhicule. Avec d'infinies précautions, elle l'allonge sur le sol et lui fait un massage cardiaque.

« Allez, réveille-toi ! Tu ne peux pas m'abandonner comme ça. Je t'en prie ! » l'implore-t-elle.
Au moment où elle commence à envisager le pire, Alex se met à respirer très fort. Soulagée,

Marissa sourit. Doucement, il reprend une respiration normale.

« Est-ce que tu vas bien ? lui demande-t-il en ouvrant les yeux.

— Je m'en remettrai, le rassure-t-elle. Et toi, comment tu te sens ?

— Ça va aller », lui répond-il.

Il a de légères blessures au visage et quelques courbatures, mais rien de grave. Avec l'aide de Marissa, il parvient à se relever.

« Il faut qu'on bouge. Les secours ne vont pas tarder à arriver, et les flics aussi, le presse Marissa.

— T'as raison, allons-y. »

Avant de partir, Marissa retourne à la voiture et s'empare de la mallette remplie de billets. Puis elle aide Alex à marcher. Le bras sur l'épaule de Marissa, il parvient à avancer. Ils s'éloignent ainsi des lieux du crash.

Quand ils arrivent à la planque de Vanessa un peu plus tard, celle-ci les attend avec impatience. Dès qu'elle voit Alex blessé et Marissa mal en point, elle court vers eux.

« Qu'est-ce qui s'est passé ? s'inquiète-t-elle.

— On a été découverts. On a été poursuivis en voiture. Et on a eu un accident, résume Gomez.

— On va allonger Alex sur le canapé », propose Vanessa.

Un bras sur l'épaule de Marissa, un autre sur celle de Price, Alex s'avance jusqu'au canapé, où les deux amies le déposent et l'aident à s'allonger.

« Repose-toi, lui dit Marissa d'un ton plein de sollicitude.

— J'ai une trousse de premiers soins pas loin de mon bureau. Je vais soigner vos blessures, déclare Vanessa.

— Merci », lui dit son amie.

Price court jusqu'à son bureau chercher sa trousse et revient vers eux.

Quelques minutes se sont écoulées quand elle termine de soigner les blessures de Magennis.

« T'as eu de la chance. Ce n'est rien de grave. Mais tu vas quand même avoir une belle bosse, observe-t-elle.

— Je te remercie, Vanessa, murmure-t-il, reconnaissant.

— À ton tour, dit-elle en regardant Gomez.

— Je vais bien.

— Tes blessures pourraient s'infecter.

— Tu as raison », admet Marissa.

Vanessa s'approche d'elle et soigne ses blessures au visage.

« On dirait que t'as fait ça toute ta vie, lui fait remarquer Gomez.

— J'aurais bien aimé être aide-soignante, répond-elle.

— Mais t'as préféré devenir une cybercriminelle…

— Exactement. »

Et elles éclatent de rire. Vanessa a maintenant fini de soigner son amie.

« Ça devrait aller maintenant, lui dit-elle.

— Merci.

— Pas de quoi », lui répond Price en s'éloignant pour ranger sa trousse de soins.
Une fois revenue auprès de Marissa, celle-ci lui montre le contenu de la mallette.

« J'ai réussi à lui voler 120 000 dollars, déclare-t-elle.

— Je savais que t'y arriverais, lui répond Vanessa en riant. C'est à mon tour de t'aider maintenant. Et après on sera quitte, ajoute-t-elle.

— Merci de tenir ta parole, lui dit Marissa en souriant

— Il s'appelle comment ton gars ?

— Brian Grant. Je ne sais rien d'autre à part ça.

— C'est déjà un début. Je vais lancer une recherche.

— Ça va prendre combien de temps ?

— J'en ai malheureusement aucune idée. Ça dépend de plusieurs facteurs. »

À ces mots, elle s'assied devant son ordinateur et lance une recherche dans toutes les bases de données du monde.

Le jour suivant, Alex et Marissa se sentent déjà beaucoup mieux. Attablés avec Vanessa, ils sont occupés à jouer aux cartes.

« Boom ! J'ai encore gagné ! s'exclame Price, toute fière.

— Je suis une bonne voleuse, mais définitivement nulle à ça, admet Gomez.

— Un jour, je t'apprendrai, lui répond son amie d'un ton malicieux.

— Allez, on s'en refait une autre », leur propose Magennis.

Ils commencent une nouvelle partie quand, soudain, l'ordinateur de Vanessa émet un signal et affiche le profil de Brian Grant, avec sa localisation. Aussitôt, Price se lève et s'avance vers son bureau.

« On le tient ! » s'exclame-t-elle.
Alex et Marissa la rejoignent.

« Où est-il ? lui demande Gomez.

— À Barcelone, en Espagne, lui indique Vanessa.

— Il est temps que je règle ça.

— Je vais réserver des billets d'avion. Je vous accompagne. On ne sait jamais, je peux être utile. Et puis, ça me permettra de voyager un peu », déclare Price.

Et elle se met à rechercher des billets d'avion pour le prochain vol pour Barcelone.

Dans la soirée, Marissa et Vanessa sont assises à la terrasse d'un bar, sur la plage de Miami. Elles sirotent chacune un cocktail. Vanessa regarde sa montre.

« Le vol est dans une heure, dit-elle.

— Parfait.

— Alors ? Alex et toi, ça en est où ?

— Nulle part, en fait. À la soirée, j'allais l'embrasser mais la mission a pris les dessus, lui confie Gomez.

— Vous êtes jeunes. Vous avez toute la vie pour vous aimer. Et sache une chose. Même si tu es une voleuse, du genre recherché par toutes les polices du pays, tu as le droit au bonheur.

— Je me suis toujours débrouillée toute seule, tu sais. J'ai utilisé plein d'identités pour vivre. J'ai passé ma vie à fuir les gens à cause de mon style de vie, avoue-t-elle. Je ne sais pas s'il y a de la place pour un homme dans tout ça.

— Tu n'es plus toute seule, Marissa. Si t'as besoin, je serai là. Je t'aime bien. Et Alex aussi sera toujours là. Il t'a dans la peau, celui-là. Donne-toi la chance d'essayer d'avoir une vie de couple avant de dire qu'il n'y a aucune chance que ça arrive », lui conseille Price.

Devant elles, Alex est assis dans le sable, absorbé par la contemplation de l'océan.

« Va le voir. Et arrête de te poser des questions », lui recommande Vanessa.

Marissa acquiesce d'un hochement de tête et se lève. D'un pas gracieux, elle se rapproche d'Alex et s'assied à côté de lui.

« Le paysage est magnifique, commence-t-elle.
— On n'a pas ça en Californie, reconnaît Magennis.
— C'est clair, dit-elle en souriant, avant de reprendre son sérieux. Je m'inquiète pour toi, Alex. T'as failli mourir dans cet accident à cause de moi. Je t'apporte que des ennuis.
— On a déjà eu cette conversation, Marissa. Tout ça ne me fait pas peur. Je suis bien avec toi. Je ne veux pas m'en aller. Et je ne veux pas que tu me laisses non plus.
— Regarde-moi », lui dit-elle d'une voix douce.
Alex plonge alors son regard dans les yeux de Marissa. Puis, ils se rapprochent, ferment tous deux les yeux et échangent un long baiser. Depuis le bar, Vanessa observe toute la scène.

« Beuh... c'est dégoûtant..., dit-elle au barman avec drôlerie. J'ai besoin d'un autre cocktail, s'il vous plaît ! »
Alex et Marissa contemplent à présent l'horizon.

« Ça fait longtemps que j'avais envie de t'embrasser, lui confie Magennis
— Moi aussi », lui répond-elle.
Elle pose la tête sur l'épaule d'Alex, les yeux perdus dans l'océan Pacifique.

Barcelone. Le lendemain.

Alex, Marissa et Vanessa sont arrivés à l'aéroport El Prat, situé à 12 km environ de Barcelone. Ils sortent du terminal.

« C'est la première fois que je prends l'avion pendant plus de neuf heures », déclare Price.
Elle fait un signe de la main à un taxi.

« On touche au but. Je peux le sentir », affirme Gomez, sûre d'elle.
Le taxi s'arrête à leur hauteur.

« Allons-y », dit Magennis.
Ils montent tous les trois dans le véhicule.

« Vous parlez français ? demande Vanessa au chauffeur.

— Si, si, répond-il.

— Emmenez-nous dans le centre-ville de Barcelone, s'il vous plaît.

— D'accord », acquiesce l'homme.

Il démarre son véhicule et quitte l'aéroport.

Vingt minutes plus tard, ils arrivent dans le centre-ville de Barcelone. Ils descendent du taxi. Marissa paie le chauffeur.

« Mon téléphone m'a localisé l'hôtel le plus proche de notre position, déclare Price.

— On te suit », lui répond Gomez.

Ils marchent jusqu'à l'établissement hôtelier, situé à une centaine de mètres de là. Parvenus à l'hôtel, Vanessa s'avance vers l'accueil, tandis qu'Alex et Marissa restent en retrait, près de l'entrée.

« ¡Hola!, la salue le réceptionniste.

— Bonjour. Vous parlez notre langue ? lui demande Price.

— Bien sûr.

— Génial. Mes amis et moi aimerions deux chambres, s'il vous plaît.

— Très bien. Vous comptez rester combien de temps ?

— Trois jours », lui répond Vanessa.

L'homme met ses lunettes et consulte un registre, posé sur le comptoir devant lui.

« J'ai deux chambres disponibles pour cette durée, déclare-t-il enfin.

— On est chanceux », se réjouit Vanessa.

Intrigué, le réceptionniste est maintenant en train de dévisager Marissa, qui porte de grandes lunettes de soleil, destinées à cacher son visage.

« Ça fera combien ? s'informe Price.

— 245 euros, mademoiselle », lui répond-il, sans cesser de regarder Marissa.

Vanessa règle la note.

« On peut avoir les clés des chambres, s'il vous plaît ? lui demande-t-elle.

— Pardon ?

— Les clés, s'il vous plaît », répète Vanessa.

Il cesse alors de dévisager Marissa et adresse un sourire à Price.

« Je vous donne ça tout de suite, lui dit-il d'un ton aimable.

— Merci. »

Le gérant prend les clés accrochées au mur derrière lui et les donne à Vanessa.

« Voilà, mademoiselle, lui dit-il.

— Merci, bonne journée, le salue Price.

— Vous de même. »

Vanessa rejoint ses amis et tend l'une des clés à Marissa. Ils montent ensemble à l'étage. Alex et Marissa occupent l'une des chambres, et Vanessa celle qui se trouve juste en face de la leur.

Plus tard, Magennis et Gomez sont endormis dans le grand lit de leur chambre. La tête de Marissa est posée sur l'épaule d'Alex, et son bras repose autour de sa taille. Bientôt, un léger mouvement d'Alex la réveille.

« Salut, toi, lui dit-il d'une voix douce en la voyant ouvrir les yeux.

— Salut. »

Et elle le gratifie de son plus beau sourire.

« Excuse-moi, je ne voulais pas te réveiller.

— Tu as bien fait », lui dit-elle.

Puis, sans ajouter un mot, elle l'embrasse et monte sur lui.

« On dirait que, même au lit, c'est toi qui as le contrôle de la situation, constate-t-il d'un ton amusé.

— Toujours ! » lui répond-elle en riant, avant de l'embrasser à nouveau.

D'un geste tendre, Alex fait passer une mèche de ses cheveux derrière son oreille.

« Tu sais que t'es belle ? lui dit-il.

— Non, je ne savais pas ! lui réplique-t-elle avec ironie.

— T'es hyper sexy !

— C'est ce que tu dis à toutes les femmes ?

— Non, seulement à toi.

— C'est bien vrai, ça ? » lui demande-t-elle d'un air aguicheur.

Après quoi, elle se mord les lèvres et embrasse encore Alex.

« Je pense que Vanessa doit encore se reposer du voyage, fait-elle remarquer.

— Probablement, lui répond-il.

— Alors c'est parfait », conclut Marissa.
Alex lui sourit. Puis ils échangent un long baiser et font l'amour.

Plus tard dans la soirée, Vanessa les rejoint au restaurant de l'hôtel. Elle s'assied à leur table.

« Vous mangez des tapas ? Trop cool ! dit-elle.

— C'est trop bon, lui confirme Magennis, la bouche pleine.

— Je vois ça... »
Un serveur s'approche de leur table.

« Bonsoir, mademoiselle, dit-il à l'adresse de Vanessa.

— Bonsoir, je prendrai la même chose qu'eux, s'il vous plaît.

— Très bien. »
Le serveur griffonne la commande sur son carnet. Vanessa regarde Marissa.

« Il est mignon », lui chuchote-t-elle en souriant.

Gomez rit sous cape.

« Quel dessert prendrez-vous ? lui demande le serveur.

— Une mousse au chocolat, lui répond Price sans hésiter. J'adore le chocolat. Et j'adore plein d'autres choses aussi », ajoute-t-elle avec un regard appuyé.

Un sourire amusé aux lèvres, le serveur note sa commande.

« Qu'est-ce que vous voulez boire ? lui demande-t-il encore.

— Je voudrais un Mojito, s'il vous plaît, lui indique-t-elle.

— Je vous apporte ça », lui dit-il.

Et il s'éloigne d'un pas rapide.

« Où se trouve ma cible ? demande Gomez à Vanessa, une fois le serveur parti.

— D'après mes recherches, il se planque dans une vieille usine abandonnée, lui révèle-t-elle.

— L'endroit doit être cerné, avertit Magennis.

— Il a raison, renchérit Vanessa en regardant Marissa. Il n'est pas un amateur. Il a sûrement des gardes dans tous les coins.

— Vous avez sans doute raison. Demain matin, on partira en reconnaissance des lieux.

— Excellente idée », approuve Price.

Le serveur revient avec le plat de Vanessa. Un autre serveur arrive avec la boisson.

« Et voici vos tapas, mademoiselle, dit-il.

— Je vous remercie. Vous êtes adorable, lui répond-elle.

— Gracias. Bon appétit ! »

Le lendemain matin, les trois amis se rendent en voiture à l'usine désaffectée. Prudents, ils se cachent dans des buissons. Vanessa donne ses jumelles à Marissa. Celle-ci observe alors avec attention le périmètre.

« Il y a deux gardes à l'extérieur, je n'en vois pas d'autres, indique-t-elle.

— Je vois deux entrées possibles », déclare Price en regardant la vue satellite sur son téléphone portable.

À ces mots, Marissa repose les jumelles.

« Fais-moi voir ! » s'exclame-t-elle.

Price lui donne son smartphone.

« Je m'occuperai des deux gardes, annonce Gomez. Je rentrerai par l'avant. Alex et toi, vous m'attendrez dans la voiture à l'entrée arrière. Ça sera ma porte de sortie.

— Compris, lui répond Magennis.

— Il me faudra une arme. Silencieuse de préférence, ajoute Marissa en regardant Vanessa.

— Je sais où trouver ça, la rassure Price.

— Tu sais toujours tout, toi.

— Non, en fait, je vais faire un peu de recherche illégale sur le Deep Web pour trouver le nom d'un type qui vend des armes par ici. Tout simplement.

— Je sais. Je te charrie », lui répond Gomez avec le sourire.

Sans se faire voir, Alex, Marissa et Vanessa regagnent leur véhicule et s'en vont discrètement.

Trente minutes plus tard, Magennis et Gomez se rendent dans un squat. Il y a des hommes armés à l'intérieur, dont l'un est assis dans un canapé, deux femmes à ses côtés. Un des hommes les arrête.

« On est là pour acheter des armes », lui indique alors Gomez en montrant son sac rempli d'argent.

Le sbire inspecte le sac et les laisse passer. Alex et Marissa s'avancent alors vers l'homme dans le canapé. Ce doit être le chef des trafiquants d'armes.

« Qu'est-ce qu'une aussi belle gonzesse vient faire chez moi ? demande-t-il en posant sur Marissa un regard concupiscent.

— J'ai besoin d'une arme, lui répond-elle d'un ton laconique.

— T'es au bon endroit. Je vends les meilleurs produits du continent.

— Tant mieux. Il me faut un pistolet silencieux.

— J'ai ça en stock. Suis-moi, dit-il en se levant. Mais lui, il reste là », ajoute-t-il en regardant Magennis.

Marissa fait un signe de la tête à Alex pour lui dire de ne pas bouger. Sans perdre de temps, l'homme l'emmène jusqu'à son stock d'armes. Là, il y a plusieurs fusils, des lance-roquettes et différents pistolets.

« C'est ma caverne d'Ali Baba, déclare le trafiquant avec fierté.

— C'est du gros matos », reconnaît Gomez.

Il va chercher un pistolet silencieux.

« Voici un Beretta 92 silencieux. Il est puissant, lui indique l'homme.

— Il suffira pour ce que j'ai à faire. Combien ? lui demande-t-elle sans détour.

— 2000.

— Je le prends.

— Ravi de faire des affaires avec toi.

— Dis à un de tes hommes de me l'emballer.

— Tes désirs sont des ordres, princesse. » Le trafiquant fait un signe de la main à l'un de ses hommes. Celui-ci vient emballer l'arme, tandis que le trafiquant et Marissa retournent vers Alex.

« Vous comptez faire quoi avec cette arme, si ce n'est pas indiscret ? demande l'homme.

— Moins t'en sais, mieux c'est. Je serais obligée de te tuer sinon, lui répond Gomez.

— Je suis assez protégé, lui fait-il remarquer. Personne ne peut me tuer.

— Si tu le dis », rétorque-t-elle avec un léger sourire.
Le nervi est de retour, il tient l'arme emballée dans un sac. Alex la prend, et Marissa paie le trafiquant.

« J'espère refaire des affaires avec toi un de ces jours, déclare-t-il.

— N'abusons pas des bonnes choses », lui répond Gomez d'un ton ironique.

Alex et Marissa s'en vont du squat avec la marchandise.

La nuit est maintenant tombée. Les trois amis se trouvent à l'usine abandonnée. Marissa est cachée derrière une fourgonnette qui appartient aux hommes de Brian Grant. Elle porte son oreillette.

« Vanessa, au rapport », demande-t-elle.

Son ordinateur sur les genoux, Vanessa est avec Alex dans la voiture, à l'entrée arrière. Elle peut voir tout ce qui se passe au sein de l'usine.

« J'ai réussi à pirater les caméras qui se trouvent à l'intérieur. J'ai une vue plutôt large, lui répond Price.

— Parfait. À mon top : 3, 2, 1... Je lance l'opé... », lui indique Gomez.

Marissa quitte alors sa cachette et commence à avancer à pas de loup. Deux gardes tiennent la porte d'entrée. Marissa se cache derrière un petit muret. La radio d'un des gardes reçoit un appel.

« Rien à signaler, déclare l'un des hommes, avant de couper la radio.

— Je vais pisser un coup. Je reviens, annonce l'autre garde.

— Fais vite ! » lui répond son acolyte.
Le second garde s'éloigne pour uriner dans les buissons. Au même instant, Marissa émet un sifflement. Le premier garde l'entend. En alerte, il s'avance vers sa position.

« C'était quoi, ça ? » se demande-t-il.
Quand il arrive au niveau du petit muret, Marissa le fait trébucher et lui tire une balle avec son silencieux.

Sans attendre, elle sort de sa cachette et avance à pas de loup derrière le second garde, toujours occupé à uriner.

« Hé ! Toi ! » chuchote-t-elle dans son dos.

Surpris, le garde sursaute et se retourne. Marissa lui met alors une balle en pleine tête. Puis, elle appuie sur le bouton de son oreillette.

« Vanessa, l'entrée est dégagée. J'entre maintenant dans l'usine, prévient-elle.

— Bien reçu », lui répond Price.

Assis à côté de Vanessa dans la voiture, Alex se tourne vers elle.

« Tu peux me prêter ton téléphone pour passer un appel, s'il te plaît ? lui demande-t-il. C'est l'anniversaire de ma mère aujourd'hui.

— Mon téléphone est crypté. Personne ne peut le localiser. Donc tu peux prendre ton temps », lui indique Vanessa.

Le smartphone de Price à la main, Alex sort de la voiture et s'éloigne pour passer son appel.

Marissa est à présent dans l'usine. Elle se cache contre un mur et appuie sur le bouton de son oreillette.

« Vanessa, j'ai besoin d'infos, demande-t-elle tout bas.

— Il y a un tango à environ 20 mètres de toi », lui signale Price.
Sur son ordinateur, elle voit le garde regarder dans la direction de Marissa.

« Attends un peu... Maintenant ! Vas-y ! » lui commande-t-elle au moment où le garde se tourne.
Aussitôt, Marissa se met à courir, se jette sur lui et elle lui met une balle dans la poitrine.

« Il est à terre, dit-elle. Je continue d'avancer.

— Bien reçu », lui répond Vanessa.
Alex est de retour dans la voiture.

« Je n'ai pas été trop long ? lui demande-t-il en lui rendant son téléphone

— Non, ça va. Ta mère était contente que t'aies pensé à son anniversaire ?

— Très contente », lui assure Alex.
Marissa parvient jusqu'à une salle remplie de gardes.

« Vanessa, ils sont trop nombreux », l'informe-t-elle.

Price inspecte la pièce avec les caméras de surveillance.

« T'as raison. Merde. T'as des risques de te faire tuer... »

Le plus discrètement possible, Marissa observe toute la pièce et entrevoit un objet explosif.

« J'ai une idée. Je vais provoquer une explosion, indique-t-elle.

— Tu vas attirer l'attention en faisant ça, la met en garde Vanessa.

— Je n'ai pas le choix », réplique Gomez. Avec son silencieux, elle vise l'objet explosif et tire dessus. Le souffle de l'explosion jette les gardes à terre.

« Marissa, est-ce que tu me reçois ? » demande Vanessa, inquiète. L'oreillette grésille, Marissa tousse, incommodée par la fumée.

« Je vais bien », la rassure-t-elle.
Vanessa la capte mal. Elle continue d'observer l'usine avec les caméras de surveillance.

« Les derniers gardes s'agitent. Ils ont entendu l'explosion. Ils arrivent vers toi ! l'avertit-elle.

— Bien reçu. Je bouge », lui répond Gomez.

Et elle court se cacher derrière un bureau. Les hommes passent à côté de sa cachette sans la voir. Ils fouillent la pièce. Marissa en profite pour avancer.

Quelques secondes plus tard, elle arrive enfin jusqu'à Brian Grant, occupé à travailler. Elle avance sans bruit derrière lui, son arme pointée dans sa direction.

« Retourne-toi ! » lui ordonne-t-elle soudain.

Au son de sa voix, Brian pivote lentement sur lui-même.

« À qui ai-je l'honneur ? lui demande-t-il, sans manifester aucune émotion.

— Je m'appelle Marissa. Je suis la meuf qui va te tuer.

— Vous êtes venue seule jusqu'à moi ? s'étonne-t-il.

— Ça fait neuf ans que je rêve de ce moment.

— Tellement de gens veulent ma mort... Si vous me disiez plutôt pourquoi vous voulez tant me tuer.

— Elle s'appelait Teri... Teri Gomez...

— Ah oui, Teri... Je me souviens d'elle, dit-il avec un sourire sinistre sur les lèvres.

— Tu l'as assassinée...

— Elle et moi avons travaillé ensemble. Elle m'a doublé. Je me suis donc débarrassé d'elle, déclare-t-il froidement.

— C'était ma mère. Je n'avais que 16 ans. Tu l'as tuée devant mes yeux », lui rappelle-t-elle.

Au même moment, Vanessa, qui observe toujours l'usine avec les caméras de surveillance, voit les gardes retourner auprès de Brian.

« Marissa, les gardes reviennent. Il faut que tu bouges ! » la prévient-elle.
Mais seuls des grésillements lui répondent.

« Merde, je crois que son oreillette est H.S. ! dit-elle à Alex.

— J'y vais ! » lui répond-il aussitôt.
Sans perdre de temps, il sort de la voiture et entre dans le bâtiment par l'arrière. De son côté, Marissa poursuit son face-à-face avec Brian.

« Il ne vous reste plus qu'à me tuer pour venger votre mère », lui dit tranquillement Grant.
Alex surgit alors dans la pièce.

« Qu'est-ce que tu fais là ? lui demande Gomez, surprise de le voir.

— Ton oreillette ne marche plus. Ses hommes arrivent. Faut qu'on parte ! » la presse-t-il.
Surgis de nulle part, des hélicoptères noirs survolent maintenant le toit de l'usine désaffectée.

N'y tenant plus, Marissa s'apprête à tuer Brian, quand, soudain, des hommes vêtus de tenues de combat débarquent dans l'usine, à l'aide de grappins fixés aux fenêtres.

Déstabilisée par cette irruption imprévue, Marissa laisse Brian s'échapper. Les nouveaux arrivants pointent leurs armes sur Marissa.

« Marissa Gomez, vous êtes en état d'arrestation », annonce l'un des agents.
Elle lève les mains en l'air. Devant elle, Brian s'éloigne en courant. Lorsque les hommes de Grant arrivent, ils sont tués un à un par les agents. L'un d'eux s'avance bientôt vers Alex.

« Agent Magennis, joli travail ! » le félicite-t-il.
Incrédule pendant quelques instants, Marissa finit par comprendre... Elle jette alors un regard rempli de haine à Alex. Elle se sent trahie. Profondément trahie. Incapable de soutenir son regard, Alex finit par baisser les yeux. Sans prévenir, l'un des agents tire une fléchette dans le cou de Marissa. Elle s'écroule à terre, inconsciente.

Lieu secret de la CIA. Heure inconnue.

Marissa ouvre doucement les yeux. Elle se trouve dans une pièce toute blanche, allongée dans un lit, les mains et les jambes attachées. À mesure qu'elle recouvre ses esprits, la colère l'envahit. Elle essaie alors rageusement de se libérer, mais ses liens ne cèdent pas. Il y a une autre femme dans la pièce.

« Vous n'arriverez pas à vous détacher, mademoiselle Gomez, lui assure-t-elle.

— Où est-ce que je suis ?

— Dans un des lieux secrets de la CIA, quelque part en Espagne », lui répond la femme.
Un agent entre dans la pièce.

« Bonjour, Marissa, dit-il.

— Qui êtes-vous ?

— Je m'appelle Darien Griffith. Je suis agent de la CIA. Ça fait longtemps qu'on essaie de vous attraper, Marissa. Et enfin, nous y sommes arrivés », lui déclare-t-il d'un ton satisfait.
Il regarde la femme.

« Endormez-la. Nous avons besoin de l'interroger, lui dit-il.

— Bien, monsieur. »

À ces mots, elle s'approche de Marissa, une seringue contenant un liquide rouge dans la main.

« Non, ne faites pas ça ! » s'écrie Gomez. Et elle essaie à nouveau de se détacher, en vain. Sans attendre, la femme lui injecte le liquide. Marissa perd aussitôt connaissance.

Lorsque Marissa se réveille un peu plus tard, elle est assise à une table, dans une salle d'interrogatoire. Darien Griffith entre alors dans la pièce, tenant un dossier dans la main.

« J'ai été obligé de vous endormir pour m'assurer que vous arriviez dans cette pièce sans poser de problèmes. Nous savons que vous êtes intelligente, Marissa, et forte aussi, lui assure-t-il.

— Je ne vous dirai rien.

— Vraiment ? Je n'en suis pas si sûr, lui répond Darien en appuyant sur le bouton de son oreillette. Apportez le sérum de vérité », demande-t-il.

Quelques minutes plus tard, la femme arrive dans la salle d'interrogatoire avec une nouvelle seringue et injecte le sérum de vérité à Marissa.

« Vous pouvez nous laisser ? On a des choses à se dire, lui dit Griffith.

— Bien, monsieur », lui répond la femme d'un ton servile.
Et elle sort de la pièce. L'agent s'assied en face de Gomez.

« Au départ, Alex devait s'infiltrer dans votre vie grâce à l'interview, en se faisant passer pour un étudiant. Nous savions que vous alliez tenter de voler le tableau. Et à Palo Alto, nous avons eu l'opportunité de vous éliminer. Nous avons sauté sur l'occasion, lui révèle-t-il.

— C'était donc vous l'hélicoptère qui nous a tiré dessus... Je savais que ce n'étaient pas les flics.

— Exact. Malheureusement, l'agent Magennis a réussi à vous sortir en vie de l'opération.

— Désolée d'avoir ruiné votre petite escapade romantique en hélicoptère, ironise-t-elle.

— Vous avez de l'humour, Marissa », constate-t-il.

Là-dessus, il ouvre son dossier et le pose sur la table.

« Votre mère utilisait le même nom que vous : Charlotte Wood. C'est comme ça que nous avons réussi à remonter jusqu'à vous. Votre mère était intelligente, mais pas assez pour la CIA. Nous n'avons rien trouvé dans nos bases de données sous le nom de Marissa Gomez. En revanche, sous le nom de Marissa Frank, le nom de votre père, nous avons trouvé votre dossier de l'armée », lui indique-t-il.

Marissa regarde le dossier sur la table. Elle découvre une photo d'elle en uniforme de l'armée.

« Vous étiez une des meilleures des forces spéciales, affirme l'agent Griffith.
— Ouais, je sais.
— Pourquoi être devenue une voleuse, Marissa ?
— On a tous besoin d'un passe-temps.
— Le sérum de vérité ne doit pas encore avoir fait effet, observe-t-il. Je suis certain, pour ma part, qu'il y a une autre raison derrière tout ça. »
Derrière la glace sans tain, Alex est en train d'assister à l'interrogatoire de Marissa lorsqu'il reçoit un message sur son téléphone.

« L'agent Magennis affirme ne rien savoir du tout sur vos motivations ou votre vie, déclare Darien qui continue son interrogatoire.
— Il a dit ça ? s'étonne Gomez.
— Il affirme aussi que vous ne lui faisiez pas confiance et que vous ne lui avez laissé

aucune chance de vous arrêter. Mais malheureusement pour vous, il a réussi à trouver un créneau à l'usine désaffectée, où il a eu le temps de nous prévenir.

— Quel adorable petit toutou à son papa, se moque-t-elle.

— Marissa, dites-moi tout. Qu'est-ce qui vous motive autant ?

— L'argent.

— Vraiment ? L'homme que vous avez essayé de tuer à l'usine s'appelle Brian Grant. C'est un homme de la mafia anglaise. Il ne vous aurait donné aucun centime. Pourquoi il vous intéresse autant ?

— On faisait affaire ensemble. Il ne m'aurait rien rapporté. Donc fallait que je m'en débarrasse.

— Vous êtes une excellente comédienne, Marissa, je vous aime bien.

— Je vous dis seulement la vérité.

— Vous savez ce que je commence à penser ? Je pense qu'aux forces spéciales, on vous a entraînée à résister aux drogues telles que le sérum de vérité.

— Pas mal comme déduction.

— Je vais vous laisser cinq minutes pour réfléchir à tout ça, mademoiselle Gomez. Quand je reviendrai, je veux la vérité. Sinon, nous utiliserons... d'autres méthodes. Et comme vous le savez, tout le monde finit par parler », conclut-il.

Sur ces paroles, il se lève et quitte la pièce. Un garde prend la relève et entre dans la salle d'interrogatoire pour surveiller Marissa.

Alex est maintenant dans le couloir. Il voit Darien Griffith s'éloigner. C'est le bon moment pour agir. Il entre alors dans la salle d'interrogatoire.

« Monsieur, personne n'est autorisé à parler à la suspecte, déclare l'agent en charge de la surveillance de Gomez.

— Il a raison, Alex, intervient Marissa. T'es la dernière personne à qui j'ai envie de parler.

— Je ne suis pas ton ennemi », lui assure-t-il en la regardant droit dans les yeux.

Sans prévenir, il se jette alors sur le garde et le met K.-O., puis il traîne le corps jusqu'à Marissa pour faire croire que c'est elle qui l'a agressé.

« Qu'est-ce que tu fous ? lui demande-t-elle.

— T'as un truc à finir. Et je ne tiens pas à ce que tu te fasses torturer », lui répond-il.

Là-dessus, Alex lui enlève ses menottes. À peine libérée, elle lui met une claque.

« Je l'ai bien méritée, reconnaît-il.

— Pourquoi tu m'as vendue ?

— On n'a pas beaucoup de temps. Il faut que tu m'écoutes attentivement. Avant qu'on se rencontre, tu n'étais qu'une opération de plus sur ma liste. Mais quand j'ai compris quelle femme tu étais réellement, je n'avais plus aucune envie de te remettre aux mains de la CIA. J'ai préféré t'aider.

— Qu'est-ce que t'attends de moi ?

— J'espère qu'un jour tu arriveras à me pardonner. Je sais que tu le tenais à l'usine. Et j'ai gâché ça. Il fallait qu'ils pensent que j'étais avec eux. Vanessa m'a envoyé un message, elle t'attend à la surface dans un hélicoptère blanc de la CIA. J'ai réussi à l'infiltrer. Il faut que tu partes très vite.

— Ils vont t'arrêter pour trahison, Alex.

— Ne t'inquiète pas pour moi. Fais ce que t'as à faire », l'encourage-t-il.
Cette fois, Marissa l'embrasse. Alex répond avec passion à son baiser. Puis il lui donne une oreillette.

« Tiens, prends ça », lui dit-il.
Marissa enfile l'oreillette.

« Vanessa, c'est toi ? » demande-t-elle.

Vanessa est aux commandes de l'hélicoptère, son ordinateur portable près d'elle. Elle peut suivre Marissa grâce à la puce GPS intégrée à son oreillette.

« Je suis tellement heureuse de t'entendre, ma belle, lui répond Price. Il faut qu'on te sorte de là. Alex m'a tout expliqué. On peut lui faire confiance.

— O.K., je me mets en route », lui répond Gomez.

Alex regarde Marissa dans les yeux.

« Il faut que tu m'agresses pour qu'ils pensent que j'ai essayé de t'arrêter, lui demande-t-il.

— D'accord. Prêt ?

— Vas-y », lui répond Magennis.

Marissa lui assène alors un gros coup de poing dans la figure. Cela lui laisse une belle marque.

« Fonce, Marissa, et ne te retourne pas », lui conseille-t-il.

Après un dernier regard à Alex, Marissa quitte la salle d'interrogatoire en courant. Il s'assied par terre.

Elle court aussi vite qu'elle peut dans les couloirs.

« Il faut que tu me guides, demande-t-elle à Vanessa.

— Va tout droit. Tu trouveras une salle où il y a des ordinateurs. C'est la dernière porte à droite. Il faut que tu désactives les sécurités de l'une des portes pour t'enfuir.

— Bien reçu ! »

Marissa arrive rapidement jusqu'à la salle des ordinateurs.

Elle entre dans la pièce. Un homme est assis à son bureau en train de taper sur un ordinateur. Marissa s'avance vers lui d'un pas silencieux et l'assomme par surprise.

« Je suis dans la salle. J'ai l'ordinateur principal devant les yeux, indique-t-elle à Vanessa.

— Il faut que tu tapes *cmd.exe* » lui répond Price.

Marissa tape la commande sur l'ordinateur.

« Une fenêtre noire s'est ouverte, communique-t-elle.

— Parfait. Maintenant tu tapes *Disable Security* », lui explique Vanessa.

Marissa entre la nouvelle commande dans la fenêtre affichée. Une nouvelle fenêtre apparaît alors sur l'écran, indiquant que les sécurités sont désactivées.

« Les sécurités sont H.S., informe-t-elle Vanessa.

— Tu vas devenir une pro du piratage, lui répond Price en riant. Maintenant faut que tu sortes de là. Retourne dans le couloir, prends les escaliers et monte un étage.

— Compris ! »

Sans attendre, elle sort de la salle des ordinateurs et monte quatre à quatre les escaliers.

Marissa arrive à l'étage supérieur. Il semble n'y avoir personne.

« Je suis à l'étage, annonce-t-elle à Vanessa.

— Parfait. T'as une porte sur ta gauche. Prends-la. Elle te conduira à une échelle qui donne sur une trappe. On se retrouve en haut.

— D'accord. »

Marissa ouvre la porte que Vanessa lui a indiquée. Elle aperçoit une échelle au fond de la pièce. Elle grimpe dessus, gravit les traverses, soulève la trappe et gagne le toit du bâtiment.

Elle se trouve maintenant à l'extérieur. Elle distingue aussitôt l'hélicoptère de Vanessa qui l'attend. Elle sourit, puis se met à courir vers l'appareil.

« T'es toujours là quand il faut, remercie-t-elle Price en s'installant à côté d'elle.

— Je sais, je sais... J'envoie un message à Alex pour le prévenir que je t'ai récupérée », lui répond son amie.
Une fois le message envoyé, elle démarre les moteurs de l'hélicoptère. Marissa met son casque.

« Allez, on fout le camp d'ici en vitesse ! » s'exclame Price.
Les filles s'en vont loin de la base de la CIA.

Alex vient de recevoir le message de Vanessa. Il sourit, se lève et donne l'alarme.

Darien Griffith accourt aussitôt sur les lieux.

« Qu'est-ce qui s'est passé ? demande-t-il à Alex.

— Elle a agressé le garde, raconte-t-il. J'ai essayé de l'arrêter, mais elle a réussi à s'échapper en m'agressant aussi.

— Merde », lâche Griffith.

Puis il s'approche du garde, toujours inconscient sur le sol. Alex en profite pour s'éclipser discrètement, avant que l'agent ne recouvre ses esprits et raconte ce qui s'est réellement passé.

Pendant ce temps, avec l'hélicoptère, Marissa et Vanessa survolent maintenant Barcelone.

« Tu penses qu'Alex a réussi à s'en sortir ? demande Gomez, inquiète.

— Je l'espère.

— Tu sais où se trouve Brian Grant ?

— J'ai réussi à retrouver sa trace. Lors de ma dernière localisation, il se trouvait dans un avion en direction de Londres.

— C'est là qu'on va, alors.

— J'ai mon ex-petit ami qui habite là-bas. Il s'appelle Johnny Johnson. Il pourra nous aider pour ce qui est équipement. C'est un excellent ingénieur et hacker.
— Parfait.
— Profite du paysage. On a encore un bout de chemin à faire avant l'aéroport.
— Merci, Vanessa, pour tout.
— Il n'y a pas de quoi », lui répond Price.
Elles continuent leur chemin.

Londres. Quelques heures plus tard.

Marissa et Vanessa avancent à présent dans le couloir de l'immeuble où vit Johnny.

« T'as repéré Brian ? s'enquiert Gomez.
— Oui, il est arrivé au manoir de la mafia », lui apprend son amie.
Elles arrivent devant un palier. Vanessa frappe à la porte.

« C'est qui ? fait une voix d'homme derrière la porte.

— C'est Vanessa.

— Vanessa comment ?

— Vanessa Price, imbécile ! Pas ta grand-mère », s'agace-t-elle.

À ces mots, la porte s'ouvre. Un jeune homme noir vêtu d'une veste en jean les accueille.

« Je t'ai déjà dit d'être plus polie et respectueuse avec moi, Vanessa. Qu'est-ce que tu fais là ? l'interroge-t-il.

— On a besoin de ton aide.

— C'est qui, elle ? demande-t-il en regardant Marissa.

— Ta demi-sœur.

— Pour de vrai ?

— Mais non ! Elle s'appelle Marissa. Elle est de notre côté. Ça te va ? Tu nous laisses entrer maintenant ?

— Mouais... Allez-y. »

Marissa et Vanessa entrent dans l'appartement.

Johnny retourne devant son ordinateur et pianote sur son clavier. Les filles restent debout derrière lui.

« Ça fait une éternité que je ne t'ai pas vue, Vanessa. Et aujourd'hui, tu te pointes comme ça, sans prévenir.

— La prochaine fois, je te promets de t'envoyer une carte postale et des chocolats pour t'avertir de mon arrivée, ironise-t-elle.

— Je suis sérieux. Je suis devenu un mec respectable, moi, maintenant », assure-t-il. Vanessa observe avec intérêt ce que fait Johnny sur son ordinateur.

« T'es en train de pirater des données, Johnny ? lui demande-t-elle.

— Ouais, mais ça n'a rien à voir. Je fais plus chier le gouvernement comme avant.

— Ça tombe bien, parce que je ne veux pas faire chier le gouvernement, moi non plus.

— Qu'est-ce que vous voulez, alors ? » Marissa s'approche de lui.

« Vanessa m'a dit que tu pouvais me fournir des équipements, lui dit-elle.

— Ça se pourrait. Qu'est-ce que je gagne dans tout ça ?

— Heu..., hésite-t-elle, ne sachant pas quoi dire.

— Je te filerai ma statuette collector de Star Wars », intervient Price en s'approchant de lui. Johnny arrête alors de taper sur son ordinateur et se tourne vers Vanessa.

« Je ferai tout ce que tu veux », lui promet-il.

Vanessa sourit.

Johnny emmène les filles dans une pièce qui paraît vide. Il tient une télécommande dans les mains.

« Tu comptes mettre de la déco ? lui demande Price.

— Ce que vous allez voir est classé top secret, leur confie-t-il, ne dites rien à ma mère.

— Promis », lui répondent-elles en chœur.

Johnny appuie sur le bouton de sa télécommande. Un mécanisme se met en marche, et plusieurs rayons contenant des armes et des gadgets, dont une combinaison noire, s'ouvrent dans la pièce.

« Là, je suis très impressionnée », reconnaît Vanessa.
Marissa inspecte les gadgets de près.

« Même James Bond est loin de posséder un tel attirail, se félicite l'ingénieur.
— James Bond, c'est du cinéma, Johnny. Là, c'est la vraie vie, lui fait remarquer Price.
— On a assez d'armes pour raser des montagnes », observe Gomez en experte.
Johnny s'avance vers les gadgets. Il en saisit un.

« Grappin nouvelle génération », dit-il.
Puis il repose l'objet et s'empare d'un autre.

« Voici le laser le plus performant du monde. Il transperce n'importe quelle matière.
— Je sais que t'es content, Johnny. T'es comme un enfant qui va à Disneyland. Mais on

sait exactement ce qu'il nous faut, l'interrompt Vanessa.

— Je montrais, c'est tout, se vexe-t-il.

— Tu veux un câlin ?

— Non, ça va.

— Je veux ton grappin, une corde à piano, un pistolet silencieux et ta combinaison furtive, lui indique Gomez, sans une hésitation.

— Trop dément ! » se réjouit Johnny, tout excité.

Maintenant vêtue de la combinaison noire, Marissa porte le pistolet silencieux sur sa hanche droite, le grappin sur la gauche et la corde à piano au niveau du bassin.

« Vous pouvez entrer, dit-elle.

— C'est le truc le plus cool que j'aie vu dans ma vie ! s'exclame Johnny en entrant dans la pièce avec Vanessa.

— Je suis prête. On peut y aller », déclare Gomez.

Tandis que Marissa commence à s'éloigner pour sortir de l'appartement, Vanessa reste encore un peu avec Johnny.

« C'est là que nos chemins se séparent. J'ai été ravi de te revoir, Vanessa, lui confesse l'ingénieur.

— Je compte revenir pour te rendre tes joujoux.

— Très bien.

— Merci, Johnny, pour ton aide.

— C'est normal », lui répond-il.
Vanessa se blottit quelques instants contre lui.

« Quand je reviendrai, toi et moi, on ira dans ton lit, en souvenir du bon vieux temps. Et si tu me dis non, je te fais la promesse que je te frappe très fort.

— Tu n'es pas obligée de me menacer pour du sexe, tu sais.

— Si, je suis obligée. Si je te le demande gentiment, tu vas fondre en larmes comme quand on était en opération au Rainbow Warrior.

— Non, pas du tout.

— Tu veux bien qu'on couche ensemble quand je reviendrai ?

— Avec plaisir », lui assure-t-il.
Vanessa l'embrasse sur la joue, puis quitte l'appartement. Johnny ferme la porte derrière elle. Encore incrédule, il repense à ce qui vient de se passer.

« Vanessa Price... m'a demandé de lui faire l'amour », murmure-t-il, les larmes aux yeux.
Plus tard dans la journée, son ordinateur posé sur les genoux, Vanessa est assise dans une voiture, garée dans la rue où se trouve le manoir de la mafia anglaise. Elle porte une oreillette.

« Marissa, je suis en place. Finalement, ce n'est pas si compliqué que ça de voler une voiture », observe-t-elle.
À l'aide du grappin, Marissa est en train de sauter par-dessus l'un des murs de la propriété. Elle porte, elle aussi, une oreillette.

« Je suis entrée », signale-t-elle à Price.
Elle s'avance maintenant vers une piscine. Elle entend un garde arriver. Marissa se glisse aussitôt dans le bassin et reste cachée sous l'eau. L'homme s'approche et s'arrête là pour fumer une cigarette. D'un geste vif, Marissa lui

attrape alors une jambe, l'entraîne dans la piscine et le noie. Puis elle sort de l'eau.

« Le garde est éliminé, dit-elle à Vanessa.

— Bien reçu. Je détecte une autre présence dans le jardin.

— J'avance », lui répond Marissa.

Elle progresse jusqu'au jardin. Un garde se tient là. Il lui tourne le dos et ne bouge pas de sa position. À pas de loup, Marissa s'approche de lui. Elle fait une roulade avant et lui tire une balle en pleine tête avec son silencieux.

« Où se trouve Brian ? demande-t-elle à Price l'instant d'après.

— Attends, je vais te dire ça », lui répond son amie.

Elle pianote sur son ordinateur et détermine sa position exacte.

« Il se trouve dans son bureau, indique-t-elle à Vanessa.

— Bien reçu. Je m'active. »

Marissa marche d'un pas rapide vers le manoir. Plusieurs voitures sont garées dans la cour. Elle se faufile entre elles et arrive bientôt dessous un grand balcon. Un garde se tient là. À l'aide de son grappin, Marissa monte par un côté du balcon.

Une fois dessus, elle s'approche silencieusement du garde et l'étrangle avec la corde à piano. Après quoi, elle s'introduit dans le manoir par la fenêtre.

Marissa est désormais à l'intérieur. Les lieux semblent vides.

« L'endroit est désert », chuchote-t-elle. Vanessa pirate alors le téléphone de Brian Grant pour effectuer ses recherches.

« Pas pour longtemps, la prévient-elle.

— Qu'est-ce que tu veux dire ?

— Je suis entrée dans la messagerie du téléphone de Grant, et j'ai intercepté plusieurs conversations. Les autres membres de la mafia vont débarquer d'un moment à l'autre. Faut te dépêcher.

— Compris. »
D'un pas rapide, elle avance jusqu'au bureau de Brian.

Son arme à la main, elle entre dans la pièce. Il est assis à son bureau, occupé à travailler. Marissa ferme alors la porte derrière elle. Surpris par le bruit, Brian tourne la tête et découvre Marissa, tenant son arme pointée sur lui.

« Je te pensais morte, lui avoue-t-il.

— Tu pensais mal, lui répond-elle.

— C'est donc comme ça que ça se termine ?

— Probablement », lâche Gomez.

À l'extérieur, dans les jardins, deux gardes font leur ronde.

« Hier soir, j'ai passé la soirée avec Victoria, raconte le premier.

— T'as bien de la chance. Mais si le boss apprend que tu couches avec sa nièce, il te tuera », lui répond l'autre.

Soudain, l'un des deux hommes distingue le corps du garde que Marissa a tué dans le jardin. Il court aussitôt vers lui et découvre qu'il est mort. Il prévient alors son acolyte, et tous deux se précipitent vers le manoir.

Marissa tient toujours en joue Brian. Celui-ci se lève de son bureau et commence à s'avancer vers elle.

De son côté, Vanessa comprend que les gardes ont découvert un premier corps.

« Marissa, on a un problème, l'avertit-elle.
— Qu'est-ce que t'as dit ? » demande Gomez qui a mal entendu.
Mais il est trop tard. Les deux hommes font déjà irruption dans le bureau de Grant et pointent leurs armes sur Marissa.

« Je pense que ton plan ne se déroule pas comme prévu. Une fois de plus. Tu devrais baisser ton arme, Marissa », lui suggère Grant. Son arme toujours braquée sur lui, Marissa le fixe quelques instants d'un regard rempli de haine et de colère. Puis, elle finit par poser son arme par terre. Aussitôt, les deux hommes s'avancent et se positionnent près de Brian pour le protéger.

« T'es courageuse. Tout comme ta mère l'était, observe celui-ci.
— Telle mère, telle fille, lui rétorque-t-elle.

— Débarrassez-moi d'elle ! ordonne-t-il alors à ses sbires.

— Bien, patron », répond l'un d'eux.

Ils s'apprêtent à tirer sur Marissa, lorsque, soudain, quelqu'un leur tire dessus. Ils s'écroulent au sol. Grant est indemne. Marissa tourne la tête et aperçoit Alex. Il court vers elle.

« Est-ce que ça va ? lui demande-t-il, inquiet.

— Mieux maintenant », lui assure-t-elle.

L'un des hommes se relève, il est seulement blessé. Il pointe son arme sur Marissa. Alex le voit, s'interpose et prend la balle à sa place. Marissa se jette alors sur son arme et abat le tueur. Par chance, Alex n'est que blessé. Il a reçu une balle dans l'épaule. Marissa appuie sur sa blessure pour comprimer la plaie.

« Tu vas t'en sortir, lui assure-t-elle.

— J'ai pris une balle pour toi. C'est romantique, tu ne trouves pas ? relève Alex en grimaçant de douleur.

— Très romantique », lui répond-elle, partagée entre le rire et les larmes.

Marissa contacte Vanessa.

« Il faut que tu nous rejoignes. Alex est touché. Il faut que tu le sortes de là avant que le reste de la mafia ne débarque, demande-t-elle à son amie.

— J'arrive tout de suite ! » lui répond aussitôt Price.

Elle sort de sa voiture et se précipite vers le manoir.

Marissa continue d'appuyer sur la blessure d'Alex. Brian ne bouge pas de son bureau. Vanessa apparaît bientôt et court vers eux.

« Il faut que tu l'aides à sortir d'ici. Je compte sur toi pour le soigner, lui dit Gomez.

— Fais-moi confiance. Je vais m'occuper de lui.

— J'en ai de la chance », plaisante Alex.

Marissa le laisse aux soins de Vanessa.

« Où tu vas, toi ? lui demande Price.

— J'ai un dernier truc à régler. »

Vanessa hoche la tête en signe d'acquiescement.

« Fais sortir Alex, lui demande Gomez.

— Allez, il faut qu'on bouge de là », déclare Price en aidant Magennis à se relever.

Tandis qu'Alex quitte le bureau avec Vanessa, Marissa, très énervée, s'avance vers Grant, son arme pointée sur lui. D'un geste rageur, elle le frappe à la tête avec la crosse de son pistolet. Il s'effondre au sol, inconscient.

La nuit est maintenant tombée. Au volant de l'une des voitures garées devant le manoir, Marissa conduit à vive allure. Enfermé dans le coffre, Brian s'agite et fait du bruit. Elle passe alors une vitesse et accélère encore.

Parvenue à une voie ferrée, elle arrête la voiture. Elle descend du véhicule, ouvre le coffre, agrippe Brian et le sort de là. Il a les pieds et les mains liés. Elle le traîne près des rails.

« Tu n'es pas obligée d'en arriver là. Tu peux aussi me livrer aux flics.

— Non, t'aurais la belle vie en prison », lui répond-elle d'un ton sans appel.
Le train se rapproche, elle l'entend.

« Il est grand temps d'en finir », déclare-t-elle d'un air soulagé.
Marissa prend alors son arme et tire une balle dans l'estomac de Grant. Il est blessé, mais vivant. Le train arrive. Elle pousse alors son corps sur les rails.

Quelques secondes plus tard, Brian Grant est déchiqueté par le train qui lui roule dessus à grande vitesse. Freiné par l'impact, le convoi ralentit. Enfin libérée du passé, Marissa s'éloigne et regagne la voiture.

Les Bahamas. 1 semaine plus tard.

Marissa est allongée sur son lit. Elle se réveille doucement. Elle se lève, va dans sa cuisine, se prépare un café et l'emmène avec elle sur sa terrasse.

Tout en buvant, elle regarde un plan, étalé sur une table devant elle. Puis, elle pose sa tasse et l'étudie avec attention.

Sans faire de bruit, Alex surgit derrière elle.

« Ce n'est pas une balle qui va faire que tu vas te débarrasser de moi. Je suis autant recherché que toi à l'heure actuelle. Alors, qu'est-ce qui se passe maintenant ? » lui demande-t-il d'un ton malicieux.
Marissa lève les yeux vers lui et le gratifie de son plus beau sourire.

FIN...